El reflejo de tu mirada

T. F. Rubio

*«Haría lo que fuera por ti,
incluso si eso significa ir en contra
de mis instintos o de mi naturaleza.
Dejaría todo lo que poseo,
hasta mi alma, por ti.
Si eso no es amor...
Es lo mejor que puedo darte».*

Becca Fitzpatrick, *Silencio,* **2011**

El reflejo de tu mirada

❦T. F. Rubio❧

❦Agradecimientos❧

Quiero agradecerle esta locura a mi hombre, que me
demuestra día a día que luchando los finales felices son
posibles.
También a mi hermana, gracias a ella esta historia está hoy
en tus manos porque ha estado a mi lado ayudándome en
cada paso de su creación y dándome los ánimos que
necesitaba.
Gracias, también al más importarte, mi pequeño sol que
es la fuerza que me impulsa a seguir día a día.
Y por último, gracias a ti lectora, por darle una
oportunidad a mi historia.

❧Prólogo❧

Quién me iba a decir a mí que este sábado sería diferente a los demás…

A diferencia de lo normal, no estaba en el sofá de mi diminuto apartamento, sino en un *pub* de la *jet set* del centro de Madrid con un vestido negro que dejaba poco a la imaginación y una copa del mejor champán en la mano. Me sentía observada, tenía demasiados ojos pendientes de mis movimientos, y así daba gusto estar. Mi ego estaba alcanzando unos límites exagerados; ojalá pudiera verme Rober ahora, todavía tengo sus palabras grabadas a fuego:

«Lo siento Carol pero no me puedo casar contigo, ya no me resultas atractiva, no me gustas y la idea de ponerte la mano encima hace que me estremezca de asco».

Lo que daría porque me viera ahora rodeada de ojos hambrientos por poseerme.

Pido otra copa de champán al camarero cuando siento un aliento en mi nuca que hace que se me ponga el vello de punta, una mano en mi cintura me avisa con una corriente eléctrica de que puede que mi noche mejore en los próximos minutos. Me gira el taburete y me encuentro con unos ojos azules cargados de lujuria, y lo cierto es que su dueño no está nada mal. Le hago un repaso completo: pelo negro algo rebelde, lleva una camisa que hace juego con sus ojos con los primeros botones desabrochados y, unos vaqueros que caen perfectamente en su cintura… Debería estar prohibido salir así a la calle.

No lo pienso bien cuando las primeras palabras salen de mis labios.

—Nada de nombres, nos saltamos las típicas preguntas y nos vamos directamente al hotel de aquí al lado ¿aceptas?

Algunas veces pienso que darme una colleja mental no sería mala idea, su cara lo dice todo, impresionado es poco, sus ojos le delatan y ni siquiera responde, me coge de la cintura, tira un billete de 50 euros a la barra y me guía al exterior.

No dice una palabra, debe de estar alojado en el hotel porque pasamos la recepción de largo, en el ascensor la tensión sexual se palpa en el ambiente; al llegar a la habitación no me da tiempo ni a girarme cuando me estrella contra la pared y comienza a besarme.

—Santo dios, nadie debería besar así.

—Date la vuelta.

Noto como baja la cremallera de mi vestido con los dientes y va lamiendo la piel que queda expuesta, ese gesto llega directamente a mi entrepierna.

—Voy a saborearte princesa.

Mis ojos se abren como platos al tener a semejante hombre de rodillas ante mí, arrancando con los dedos la fina tela que se interpone entre su boca y mi sexo.

—Mierda—susurro excitada.

Este tío sabe lo que se hace, mientras su lengua juguetea con mi hinchado clítoris siento como introduce dos dedos en mí.

—¡Oh, joder!

Siento como sonríe contra mi parte más sensible y continúa con su trabajo. En cuestión de minutos me tiene temblando a su merced hasta alcanzar un orgasmo increíble que me deja sin fuerza en las piernas cosa que él intuye porque me sujeta por la cintura.

—Prepárate princesa que este es el primero de la noche.

Me levanta sin esfuerzo, enrosca mis piernas en su cintura y me embiste sin contemplaciones. No me he enterado ni de cuando se ha desnudado, entonces noto que no está desnudo, puedo sentir la tela vaquera en mis talones.

—¡Oh, sí, sí, sí! ¡Más fuerte, joder!

El movimiento de sus caderas se acentúa y de nuevo siento ese cosquilleo que hace que se me encojan los dedos de los pies. La pared me está arañando la espalda pero no me importa quiero volver a estallar en mil pedazos.

Siento su aliento cálido cerca de mi oído cuando me susurra.

—Princesa, estoy a punto acompáñame. Sé que has dicho nada de nombres pero necesito que grites el mío cuando te corras, ¿lo harás?

—Sí, por dios pero no pares.

—Me llamo Jason.

De pronto hace un giro con esa maravillosa cadera que me catapulta al mejor orgasmo de mis 27 años de vida y me encuentro gritando su nombre con todas mis fuerzas.

—¡Jason!

❧Capítulo 1❧

Un paso detrás de otro

Con el lunes llega la vuelta a la rutina de trabajo y yo intento no pensar en la locura del sábado y seguir hacia delante. Me levanto de la cama y me pongo en funcionamiento, lo mejor del día siempre es la ducha matutina que terminar de despertar mi cuerpo. Me planto delante del armario y pienso que ponerme hoy, me siento sexi y atrevida así que me enfundo en unos vaqueros ajustados y una blusa blanca semitransparente y lo acompaño con unos *stilettos* blancos. Cuando termino con la ropa toca arreglarse, echo la cabeza hacia abajo me aplico un poco de espuma y peinado listo, me maquillo de forma sutil pero resaltando mis ojos azules. Al acabar me miro en el espejo y ¡guau!, ¿esa soy yo? Parece ser que un par de orgasmos mejoran el estado físico, mi melena castaña hasta media espalda tiene hoy un brillo especial y los rizos parecen más acentuados que de costumbre; mi piel ya no tiene ese tono blanco zombi, mis mejillas tienen un bonito rubor y mis ojos antes apagados tienen cierto brillo… No me reconozco, me sentía sexi pero ahora me miro y lo soy, me lo digo todo sola, vamos que una no necesita abuelas, veras cuando me vean las chicas van a pensar que este fin de semana me han abducido.

Me salto el desayuno porque recién levantada no soy capaz de echarme nada a la boca y salgo de camino al trabajo.

Ya en el trabajo me encuentro con las locas de mis amigas, no me gusta la expresión de sus rostros, me miran con tristeza. Me bajo del coche y se quedan alucinadas, y yo me pregunto si llevan seis meses mirándome con esa cara de lastima y no me había dado cuenta hasta hoy.

—Vaya, quién eres tú y qué has hecho con nuestra depresiva Carol— me pregunta Cris.

—¿Eso que se intuye es una sonrisa?— suelta Bea.

— En el café os cuento— las corto porque las conozco y sé que cuando empiezan no saben parar. Están intrigadas y se mueren por preguntar.

A veces no sé qué haría sin ellas, Cris y Bea son más que mis compañeras de trabajo, son mis mejores amigas desde el instituto. Aunque nos falta Alison que tiene su propio negocio y por ello la vemos menos. Las tres son los hombros en los que me apoyo y que hasta el sábado solo recibían lágrimas de mi parte, pero eso se acabó, ahora soy una nueva persona con ganas de comerse el mundo o por lo menos eso espero.

— Carol, no te habrás olvidado de que hoy se incorpora el nuevo supervisor— me dice Cris.

—Y conociendo a la lagarta que tenemos por jefa, seguro que es un bomboncito preparado para hincarle el diente.

—¡Bea, que es nuestro supervisor!, deja de pensar en hincar el diente a la mano que firma la nómina.

— Ja, ja, ja. Vale, lo admito chicas necesito salir y conocer a un buen maromo.

Cris y yo nos miramos y nos entendemos sin palabras, esta chica es incorregible.

Ya en las oficinas me sumerjo en el ambiente de trabajo. Soy publicista para una importante revista de negocios, suena aburrido lo sé, en ocasiones me pregunto qué hago aquí, pero es un trabajo que me gusta, y según va el país ahora mismo, estoy agradecida de tenerlo. Aquí cada uno tenemos nuestros clientes fijos y tenemos que intentar tenerles contentos con la publicidad que encargan a en nuestra publicación. Luego están los nuevos negocios, empresarios con mentes privilegiadas que han conseguido sacarle provecho a eso llamado cerebro a los que tenemos que convencer de que nuestra revista es la mejor publicidad. Cuando más concentrada estoy me suena la alarma de un nuevo correo.

—Genial— resoplo— reunión de emergencia a las 12:00, para la presentación del nuevo supervisor.

En fin, ya que tengo abierto el correo aprovecho y les mando uno a las chicas para ir a por nuestro merecido descanso.

No me da tiempo a sentarme con el café, cuando las tengo a las dos mirándome con los ojos del gato de Shrek pidiéndome todos los detalles de mi asombrosa recuperación.

—Está bien, ¿os acordáis de que nos dieron invitaciones para ese sitio tan pijo que iban a abrir en el centro?

—Sitio al que dijimos que no iríamos ni aunque nos pagaran— puntualiza Bea.

—Pues resulta que… fui el sábado y me acosté con un auténtico desconocido.

—¡¿¡Qué!?!— exclaman ambas a la vez.

11

—Explícate mejor— medio implora Cris.

—No hay mucho que explicar, fui allí me tomé un par de copas de champán, se me acercó un tío, bastante guapo por cierto, le dije que nada de nombres ni datos y nos fuimos al hotel.

—¡Pero Carol por dios! Cuenta, cuenta...

— Pues no sé mucho. Nada de datos, ¿recuerdas? A parte de que fueron los dos mejores orgasmos de mi vida, solo sé que se llama Jason.

—¿Me estás diciendo que te acostaste con él y luego te largaste como si nada?— me increpa Cris.

—Efectivamente— y mi mente vuela a ese momento.

—¡JASON!

Caímos rendidos al suelo con las respiraciones entrecortadas. Cuando consigo recuperar un poco de aliento noto como me acaricia la espalda, de repente la situación se vuelve demasiado íntima.

—*Jason.*

—*Mmm... Me encanta como suena mi nombre en tus labios, princesa.*

—*Me parece perfecto, pero ¿podrías dejar que me levante, por favor?*

—*Sí, claro.*

Empiezo a localizar toda mi ropa y mis zapatos. Mi tanga está roto, me dan ganas de hacer pucheros, así que en el suelo lo dejo.

—*¿Qué haces?*

—*Vestirme que me voy.*

—*¿Así?, ¿sin más?*

—*Sin más.... Ha sido todo un placer, Jason, encantada de conocerte.*

Al cerrar la puerta de la habitación y verle parado en la entrada mirándome como si no me comprendiera se me parte un poquito el corazón.

—Ahora mismo me pinchas y no sangro, Cris, ¿tú has oído lo que nos acaba de contar?, la romanticona se nos vuelve loca por una noche y sin nosotras… ¡Estoy indignada! Pero ¡oye, que te quiten lo bailado!

—No lo planeé, simplemente sucedió, estaba en casa comiéndome la cabeza y quise ponerle fin, me planté el vestido que me regalasteis para mi cumpleaños y me fui al *pub*.

—¡¿El vestido rompe cuellos?!—replican las dos como si lo hubieran ensayado.

—Sí, el mismo.

—No me extraña que los volvieras locos a todos. Ja, ja, ja— afirma Bea.

—Anda vamos que ya se nos ha acabado el descanso y en diez minutos tenemos que conocer al nuevo bocadito de la arpía.

Ya en la sala de reuniones nos sentamos al final para no ser el objetivo de la jefa y pasar desapercibidas. A los pocos segundos, la vemos entrar como si fuese la reina del mundo, con un conjunto de falda lápiz y chaqueta y sus zapatos de tacón, nuestra pelirroja jefa desprende arrogancia por todos los poros de su piel, y no es que no se lo pueda permitir la mujer es preciosa y tiene unas curvas que son la envidia de cualquiera, si no fuera tan víbora me daría hasta pena.

—Gracias por haber venido…

—Ni que tuviéramos elección— susurra Bea.

—¡Chss!, calla que esta tía lo oye todo.

—…esta reunión tiene como motivo principal presentaros a vuestro nuevo supervisor después de que nuestro adorado Lorenzo se nos jubilara esta semana. Así que sin más demora os presento a Jason Blake.

En ese momento me quedo blanca, creo que hasta me he olvidado de cómo respirar. No, no, no esto no me puede estar pasando a mí. Bea y Cris me miran interrogantes pero les pido con la mirada que esperen a que luego les cuente. Me hundo más en mi silla esperando que no me vea por el momento, ahora no sería capaz de lidiar con esa mirada azul.

—Buenos días, como ya ha dicho Rebeca, mi nombre es Jason y de ahora en adelante estoy aquí para ayudaros y asesoraros en todo lo que me sea posible. Hoy, voy a dedicar un rato a cada uno de vosotros para ver la forma en la que trabajáis y así familiarizarme con vosotros.

—Y así compañeros la reunión se da por finalizada. Jason se encargará de conoceros a todos durante esta semana.

Salgo de la sala de reuniones sin ser vista y creo que lo he conseguido. Me voy a mi mesa y me pongo a trabajar intentando no pensar en que no voy a poder esquivarle durante mucho más tiempo.

Después de horas hablando con miles de clientes tengo la boca seca así que me levanto a beber agua a la máquina que tenemos en el pasillo, no dejo de pensar en esos ojos azules y en como el destino puede llegar a ser tan caprichoso… ¡Para una vez que cometo una locura en la vida, esa locura va y me persigue! Tan distraída estoy en mis pensamientos que no me doy cuenta de que Alex, el bombón rubio de la oficina, no me quita ojo.

—Carol, hoy estás más guapa que de costumbre, ¿cuándo me vas a conceder el honor de salir a cenar contigo?

—Sabes, rubito, que tú y yo no pegamos ni con *super glue*— le respondo entre risas.

—Cierto, nena, pero tú y yo en la cama seríamos explosivos.

No me da tiempo a contestar cuando una voz detrás de mí me interrumpe.

—¿Alex, sigue en pie esa copa después del trabajo?, porque creo que la necesito.

—Claro, jefe— le responde Alex y se da la vuelta para guiñarme un ojo.

—Perdone, señorita…

Su voz suena más formal y menos ronca pero es inconfundible y después de que Alex le llamara jefe no me quedan más dudas. Tengo que girarme, me tiemblan las rodillas y tengo un nudo en el estómago, pero aun así me giro poco a poco. Y ahí está él, más perfecto si cabe que el otro día, con ese pelo moreno despeinado y esos ojos azules mirándome con sorpresa y deseo. El traje le queda como un guante es azul oscuro y lo lleva sin corbata, con los primeros botones de la camisa sin abrochar, le da un toque informal y sexi. Vaya sofoco me estoy llevando, está increíble, no sé si me gusta más en vaqueros o en traje.

—Princesa— susurra.

Dios ese susurro me pone los pelos de punta, no puedo seguir mirándole como una boba, hago un esfuerzo por encontrar mi voz y le respondo.

—Buenas tardes, señor Blake.

No me quita los ojos de encima, y siento como su mirada arde de deseo de volver a estar dentro de mí.

—¿Qué haces aquí, princesa?

¡Vaya!, creo que ya recupero la compostura pero cada vez que me llama así siento algo en el estómago que todavía no puedo identificar.

—Trabajo aquí, Jason.

—¿En serio?— pregunta dudoso.

¡Pero bueno, este tío qué se ha creído!, ¿que después de un polvo y con solo su nombre me ha dado por investigarle y presentarme en su trabajo?

—Pues claro, de momento no tengo una vena psicótica.

—Perdona, princesa.

—Y deja de llamarme así.

—Todavía no sé tu nombre.

—*Touché*. Dado que eres mi superior te lo tendré que decir, me llamo Carolina Sánchez.

—Encantado, señorita Sánchez.

Me tiende la mano y no dudo en estrechársela, en cuanto nuestras manos se rozan un intenso escalofrío recorre todo mi cuerpo, no sé si lo ha notado, pero la sutil caricia que hace en mi muñeca provoca que mis rodillas tiemblen.

—Tengo que continuar con la ronda para conoceros a todos, pero estoy deseando llegar a tu mesa, princesa.

Se da la vuelta y se va, dejándome con los ojos como platos y sonrojada hasta las orejas.

Capítulo 2

En estado de *shock* permanente

¡Por fin las cinco!, hora de salir de este infierno y gracias a dios sin volver a verle. No sé si hubiese podido soportar tenerle tan cerca de nuevo. Aquel que dijo que el karma es una perra que razón tenía… Una noche de locura, una sola noche de locura en mi vida y esa locura me persigue día tras día y ni más ni menos que siendo mi superior. Necesito desfogar energía y no hay mejor manera que en mi clase de zumba.

Al salir de la clase me siento como nueva, pero la mente sigue sin darme un descanso, no sé cómo enfrentarle, ni siquiera cómo mirarle. Lo único que sé es que no estoy preparada para una relación o lo que sea que él quiera.

Al llegar a casa decido darme un baño relajante y cuando salgo me siento mejor, me preparo algo ligero de cena y me meto en la cama. No he terminado de apoyar la cabeza en la almohada cuando me llega un WhatsApp al móvil.

> *«Princesa echo de menos tu sabor en mi boca, el tacto de tus dedos recorriendo mi piel… Buenas noches.»*

No me detengo a pensar como ha conseguido mi teléfono, solo tiene que buscarlo en mi ficha de trabajadora, y sin pensármelo dos veces le contesto.

> *« ¿Sin datos recuerdas?, una única noche y una única vez, así que olvídame y empieza a ser mi jefe y nada más.»*

Las reglas han cambiado, que tengas dulces sueños,

Paso del móvil, me enfurruño y lo tiro al otro lado de la cama. Ahora mismo parezco una cría, pero me da igual. No quiero que Jason se tome estas confianzas, odio lo que me hace sentir, pero lo que más odio es saber que puede recomponer mi corazón y volverlo a partir en mil pedazos.

***

Cuando suena la alarma al día siguiente, me planteo ¿y si es que tengo una vena psicótica?… He pensado cómo podría acabar con él o quizás si lo secuestrara y lo encerrara en algún lugar desierto podría evitar volver a verlo, porque no he pegado ojo en toda la noche pensando en sus ojos penetrantes y me estoy volviendo loca. Es hora de empezar el día, e intentar dejar de pensar en él.

Al llegar al trabajo veo aparcada una reluciente e impecable moto deportiva, y a mis queridas amigas babeando encima de ella.

—¡Nena!, ¿tú has visto esto? No sé de quién será pero dejaría que el dueño de esta impresionante Aprilia RSV Mille hiciera conmigo lo que quisiera— me suelta Bea nada más verme.

—Ja, ja, ja. Anda vamos para dentro que tú ves una moto y empiezas a dar palmas y no precisamente con las manos— le contesto con diversión— Vosotras decir lo que queráis pero me muero por cabalgar a este motero encima de esta preciosidad.

En ese momento oímos un carraspeo a nuestras espaldas y las tres nos giramos a la vez. Y cómo no, ahí está el culpable de mi desvelo, con un traje oscuro y, como ya viene siendo habitual en él, con los primeros botones de la camisa sin abrochar.

—¿Qué, admirando el amor de mi vida, chicas?

—Perra suertuda, no voy a ser yo la que lo cabalgue— me susurra Bea, al parecer no tan bajito como esperaba porque veo como los ojos de Jason se oscurecen, sin apartar su mirada de mí, le responde a Bea.

— Tiene razón, señorita Gómez, no será usted quién me cabalgue en mi pequeña, por el contrario, princesa, estoy deseando verte desnuda encima de ella.

Y sin decir nada más, se da la vuelta dejándonos con la mandíbula en el suelo.

—¿Un polvo de una noche, Carol? ¡Eso no te lo has creído ni tú bonita! Pero oye yo estoy dispuesta a ocupar tu lugar, princesa— me dice con guasa Bea.

—¡Grrr!— Un gruñido sale de lo más profundo de mí, al imaginarme a Bea y Jason juntos.

—¡Uff, se nos pone territorial la princesita!, y eso que no quería saber nada.

Cris está hoy en otro mundo, la noto más callada de lo habitual, hasta que decide soltarnos la noticia del siglo sin anestesia, ni nada.

—Chicas, estoy embarazada.

—¡¿Cómo?!— gritamos Bea y yo a coro.

—Pues me imagino que el procedimiento lo conoces y no necesito entrar en detalles.

—Yo creía que después de romper con Lucas hace cuatro meses no querías saber nada del género masculino— le replico sin entender bien lo que está pasando.

— Ya bueno, es que... una cosa llevo a la otra y ahora no sé qué hacer.

— ¿Sabes por lo menos quién es el papi del retoño?— suelta Bea.

— ¡Bea, leches! Ten un poco más de tacto— la reprendo todavía alucinada, pero es que si la dejo hunde a Cris en la miseria.

—Cris, cariño, ¿sabes quién es el padre?

—Sí...

—¡Vamos, leches, que me va a dar un infarto!

—¡Bea, hay veces que estás más guapa calladita!

—Es el bombón rubio de la oficina.

Flipando es poco para cómo la cara que debemos tener ahora mismo. Creo que Bea y yo hemos entrado en *shock*, porque no somos capaces de cerrar la boca, solo conseguimos reaccionar cuando nuestra Cris se echa a llorar.

—¡Oh, mierda! Nena, nena. Cris, pequeñaja, deja de llorar. Míralo por el lado bueno el garbancito será toda una preciosidad.

—¡Joder, Bea! Aplícate eso de que calladita estás más guapa. ¿Cris, amor, qué es lo que te preocupa?

—Pues que no sé cómo afrontar esta situación, no sé cómo decírselo a Alex sabiendo que él está enamorado de una amiga— ahora mi *shock* tiene pinta de ser permanente.—¡Oh venga ya!, ¿me vas a decir que no te has dado cuenta todavía de que el pobre no sabe cómo llamar tu atención? Aunque parezca un poco capullo es un buen hombre, Carol. Hace un par de meses coincidimos en un bar empezamos con el café y terminamos a chupitos, y como suele pasar, una cosa llevo a la otra y terminamos haciéndolo en el baño del bar.

—¿Y no se os ocurrió poner un globito de por medio para no hacer mini bombones?

—Bea, en serio, eso del tacto vamos a tener que empezar a practicarlo más a menudo. Cris, mi niña, díselo, merece saberlo solo por ser el padre, y si se desentiende, cosa que dudo porque parece legal, pues tiene a dos tías que se encargarán de darle tanto amor que todo el amor del mundo será pequeño en comparación.

Bea se ha dado cuenta que está siendo un poco bruta y endulza la mirada fijándola en el vientre todavía plano de nuestra amiga.

—Tienes razón Carol, este garbancito va a ser nuestro consentido, pase lo que pase. Pero por mucho que fuera solo una noche Alex tiene que saberlo, luego ya decidiré si merece que le aplaste las bolas.

Y así sin más terminamos entrando en la oficina riéndonos. La jornada de la mañana se me ha pasado volando, creo que tiene que ver con el hecho de que Cris va a hablar con Alex en la comida, espero que no se porte como el capullo que acostumbra a ser.

Según entramos al restaurante de enfrente de las oficinas las tres le vemos sentado solo. Cris suspira y se dirige hacia él sin dudar. ¡Ole, mi chica, qué lanzada es cuando quiere! Nos sentamos en la mesa contigua para darle nuestro apoyo y también, para qué engañarnos, para poder enterarnos de la conversación de primera mano. Aunque, bueno, creo que Bea lo hace con la intención de poder partirle las pelotas si no se comporta cómo debe, pero ya sé que esta mujer es caso aparte.

21

Cogemos los menús aunque nos los sabemos de memoria y le hacemos un gesto a la camarera para que espere, ¡que comience la función!

—Hola, Alex. Siento molestarte en tu descanso. ¡Qué aproveche!, por cierto.

—No pasa nada, Cris. Tú dirás.

—¿Te acuerdas de aquella tarde/noche que pasamos juntos, verdad?

No sé por qué pero siento los ojos de Alex clavados en mí como si le preocupara que yo me enterase de que se acostó con mi amiga. ¡Hombres!

—Aunque los dos íbamos que no nos teníamos en pie, sí, sí que me acuerdo. Pero no entiendo a qué viene esto ahora, Cris. Quedamos en que no volvería a pasar tu entiendes mis sentimientos y si no recuerdo mal, aún estás recuperándote de la ruptura con Lucas.

—Lo entiendo, Alex, y quiero que sepas que Carol ya lo sabe todo. Lo siento no quería contar tu secreto pero es que…

—¡Dilo de una vez, Cris! —como este chico no cambie el tonito de voz Bea se le echa encima.

—Estoy embarazada, Alex.

Y se hizo el silencio… ninguna esperábamos que al decírselo se fueran a poder oír hasta a los grillos. Bea y yo bajamos los menús a la vez y la estampa que nos encontramos resultaría hasta graciosa, si no fuera porque Cris no dejaba de mirar al suelo sin parar de jugar con sus dedos, manía suya que odio desde que éramos niñas, y Alex, bueno, es hora de meternos en medio porque Alex está azul.

—¡Mierda!, ¡ayuda! ¡Qué se nos ahoga!

Yo no tengo ni idea de primeros auxilios y creo que las demás tampoco así que aquí estamos paralizadas sin saber qué hacer cuando salido como del cielo aparece Jason y comienza a hacerle la maniobra de Heimlich. Parece que ha pasado una eternidad pero solo ha sido cuestión de segundos. Jason ha conseguido que Alex escupa el trozo de pollo que vete tú a saber por dónde se le había ido.

—Chicas, voy a tener que andarme con cuidado con vosotras, pequeñas asesinas —nos suelta Jason al terminar.

Le miramos como si realmente quisiéramos matarle, está más guapo callado.

—¿Se puede saber qué le habéis dicho al chaval para casi matarle en el acto?

Alex está jadeando en busca de aire pero ya no tiene ese tono azulado por lo que deduzco que se encuentra mejor y fuera de peligro. Sería una pena que mi sobri no llegara a conocer a su padre.

—Simplemente la feliz noticia de que va a ser padre —Bea que no puede estar callada suelta la bomba con tal ironía que hace reaccionar al futuro papá.

—Eso no puede ser, Cris. Mierda, ¿qué vamos a hacer?, sabes que estoy enamorado de Carol.

Y aquí tenemos la otra perlita que nos faltaba, no sé si reírme o echarme a llorar, simplemente por la cara que se le ha quedado a Alex, opto por la primera opción y empiezo a reírme a carcajada limpia. Cris y Bea me miran como si hubiera perdido la cabeza, igual es así no todos los días te enteras de que una de tus mejores amigas está embarazada de un hombre que dice estar enamorado de ti. Parece ser que mis carcajadas no le están sentado nada bien a Alex porque de pronto parece más serio que de costumbre, es más, en la vida le había visto esa determinación en la mirada.

23

—No sé de qué te sorprendes, Carol. Llevo invitándote a salir desde que entraste a la empresa, igual no ha sido de la forma correcta. Cuando me enteré de que tenías pareja me conforme con ser tu amigo y con hacerte sonreír con mis absurdas invitaciones, pero cuando el impresentable de Rober te dejó creí tener mi oportunidad. Estabas tan hecha polvo que con sacarte una sonrisa todos los días me daba por satisfecho, no sabía qué más hacer. Resulta que en un momento de bajón me encuentro con Cris en un bar y ahogamos nuestras penas en alcohol. Sí, no debimos empezar a beber, es culpa de ambos, bueno, creo que todo es culpa de los dos, pero ahora que parece ser que te has recuperado de tu ruptura y estaba planeando cómo conquistarte me entero de que voy a ser padre, y no con la mujer que amo sino con una de sus mejores amigas.

¡La virgen! El tío se ha tenido que quedar a gusto, se ha sentado con las manos en la cabeza pero no sé si se ha dado cuenta de que tiene ocho pares de ojos mirándole asombrados. No sé quién reacciona primero de todos, pero es como una reacción en cadena, Cris se echa a llorar, Jason irradia ira por los cuatro costados, Bea es Bea y sigue en *shock* y yo que no sé de dónde saco la cordura me arrodillo al lado de Alex.

—Alex, cielo, de verdad que me siento halagada pero no puedo corresponder a tus sentimientos por varias razones, pero la principal es que yo te quiero mucho— en cuanto suelto esas palabras se oye una especie de rugido, sé de dónde, mejor dicho de quién procede, pero sigo con mi discurso— pero como a un hermano, te agradezco que siempre hayas estado ahí para sacarme esas sonrisas que muchos días brillaban por su ausencia pero creo que debes dejarme de lado y centrarte ahora mismo en ese bebé que no tiene la culpa de que sus padres lo crearan sin amor.

Dicho esto me levanto, le acaricio el pelo en una actitud fraternal e infantil y me voy, no creo que pueda enfrentarme ahora a nada ni a nadie más.

∽Capítulo 3∽

No intentes marcar territorio

¡Por fin viernes! No me lo puedo creer después del desastre de semana que llevamos nos merecemos unas vacaciones. En realidad no es para tanto, laboralmente la cosas van como siempre, pero después del día, llamémosle «x», las cosas han cambiado. Bea sigue en *shock* porque anda como un zombi por todos lados, creo que aún lo está asimilando todo. Cris se ha cogido unas vacaciones que tenía pendientes. Alex no para de lanzarme miraditas de hombre enamorado cada vez que se cruza conmigo. Y queda el último, y el peor de todos, Jason, que literalmente me evita, ya no me escribe, aunque solo me hubiera enviado un par de mensajes antes, y cuando nos cruzamos ni siquiera me mira. Así que sí, creo que nos merecemos un descanso de todo este jaleo y despejar nuestras cabezas.

La oficina está vacía, cómo se nota que todos tenemos prisa por irnos. Solo me quedan por hacer unas fotocopias de unos dosieres que necesitan para el lunes a primera hora y seré libre. Cuando llego al cuarto de la fotocopiadora y viendo que soy la última en irme de la oficina me tomo la libertad de ponerme música en el móvil. Empieza a sonar una canción de Romeo Santos, ¡perfecto!, justo lo que necesito para animarme.

> «*Qué bien te ves, te adelanto no me importa quién sea él,*
> *dígame usted, si ha hecho algo travieso alguna vez,*
> *una aventura es más divertida si huele a peligro.*

Si te invito una copa y me acerco a tu boca,
si te robo un besito, a ver, te enojas conmigo,
qué dirías si esta noche te seduzco en mi coche
que se empañen los vidrios y la regla es que goces.

Si te falto al respeto y luego culpo al alcohol,
si levanto tu falda, me darías el derecho
a medir tu sensatez, poner en juego tu cuerpo,
si te parece prudente, esta propuesta indecente.

A ver, a ver permíteme apreciar tu desnudez,
relájate, que este Martini calmará tu timidez,
una aventura es más divertida si huele a peligro.

Si te invito una copa y me acerco a tu boca,
si te robo un besito, a ver, te enojas conmigo,
qué dirías si esta noche te seduzco en mi coche
que se empañen los vidrios y la regla es que goces.

Si te falto al respeto y luego culpo al alcohol,
si levanto tu falda, me darías el derecho
a medir tu sensatez, poner en juego tu cuerpo,
si te parece prudente, esta propuesta indecente.»

Como he programado la fotocopiadora para que haga todo sola, me encantan las nuevas tecnologías, me dedico a menear el culo al ritmo de Romeo. Estoy tan en mi mundo que no me entero de que tengo compañía hasta que noto unas manos en mi cintura. No me hace falta girarme para saber de quién se trata, mi cuerpo lo reconoce. Empieza a mover su cintura al ritmo de la mía en un baile sensual y erótico que está consiguiendo excitarme mucho, mis pezones reclaman ser tocados y mi sexo palpita por atenciones que le son negadas, al menos de momento, me digo mentalmente. Jason empieza a besarme el cuello y a acariciar mi cintura, esta vez por debajo de la camisa. Mi piel se eriza según la toca, noto cómo sonríe contra mi cuello, le gusta que reaccione a él. La música ya ha terminado pero seguimos moviéndonos a un ritmo sensual que sus caderas marcan sobre las mías, sus manos se aventuran más abajo llegando al dobladillo de mi falda, la cual sube poco a poco. El pitido de la fotocopiadora me avisa de que ya ha terminado, y también sirve para bajarme al mundo de los mortales de nuevo, dándome cuenta de dónde estamos, no sé qué me pasa que cada vez que este hombre me toca pierdo el norte.

—Jason.

—Mmm… Dime.

—Para.

Se detiene sin dudarlo, me gira y me mira como si me faltara algún tornillo. No, si al final la loca seré yo, por darme cuenta de lo qué íbamos a hacer, que en realidad no es tan malo como el dónde lo íbamos a hacer.

—No me mires así, te recuerdo que estamos en la oficina y que cualquiera puede entrar.

—Estamos solos, lo he comprobado, y yo no aguanto más. Necesito hacerte mía otra vez. Lo siento, princesa, pero esta vez va a ser rápido.

De pronto noto cómo me gira y me recuesta sobre la fotocopiadora, levanta mi falda encontrándose con el liguero, y yo como una tonta sonrió cuando le oigo gruñir.

—Mierda, princesa, esto no me lo esperaba casi me haces explotar con estas vistas. Esto va a ser más rápido aún de lo que creía— esto último lo susurra, supongo que para él mismo.

No me da tiempo a pensar en nada más, porque enseguida noto la punta de su pene abriéndose paso entre mis labios. Al notar mi humedad no se lo piensa más y embiste con fuerza. No sé si gruño, jadeo o grito, soy incapaz de pensar en nada que no sea el hombre que me está poseyendo como si no hubiera un mañana. Solo recupero la consciencia cuando noto que estoy a punto de estallar, él también lo nota y comienza a acariciar mi clítoris.

—Di que eres mía, Carol —me impone.

Esa frase me hace bajar del casi cielo donde me hallaba.

—¡No!, Jason, yo no tengo dueño.

—Eres mía, princesa, y tu cuerpo lo sabe aunque tú no lo quieras admitir.

Aumenta el ritmo de sus embestidas por lo que me olvido de lo que le iba a replicar. ¡Dios mío!, estoy al límite no puedo pensar en nada más que conseguir ese placer que me está llamando.

—¡Jason! —grito.

—¡Princesa! —me corresponde.

29

Ambos jadeamos intentando recuperar el aliento, noto su respiración en mi nuca y los suaves besos que deposita en mi cuello. No me gusta esta intimidad, no quiero que coja demasiada confianza. Necesito salir de aquí y perderle de vista.

—¿Tienes planes para esta noche, princesa?

—No te interesan mis planes, Jason, que entres aquí y tomes posesión de mi cuerpo sin ni siquiera saludar no te da derecho a meterte en mi vida privada.

—¿Hay otra persona?

—Te vuelvo a repetir que mi vida no te interesa, no quiero tener una relación, no necesito a nadie a mi lado, muchas gracias por los orgasmos pero esto se acabó. No quiero que vuelvas a acercarte a mí si no tienes un motivo laboral.

Dicho esto, lo más dignamente posible me coloco la ropa y recojo el motivo por el que me hallaba en este cuarto, al comprobar las fotocopias me quedo a cuadros, ¡¿pero esto qué es?! Son mis pechos aplastados contra la fotocopiadora… Con toda la valentía que puedo, cojo un bolígrafo y le dedico el trabajo.

«Con todo mi amor, para que no me olvides. Besos, tu princesa de una noche.»

—Toma mi último regalo.

Salgo del cuarto y antes de cerrar la puerta le oigo decirme entre carcajadas.

—Esto no ha terminado aún, princesa.

***

Cuando llego a casa me quito los tacones de mala manera, no sé quién los inventaría pero no estuvo muy inspirado cuándo lo hizo... Deberían ser cómodos a la par que divinos, no divinos pero infernales. Necesito desconectar, ya hasta hablo como Alison, que por cierto no debe faltar mucho para que regrese de su viaje de «negocios». Estoy agotada la monitora de zumba hoy quería acabar conmigo, entre ella y cierto hombre en el que no quiero pensar no tengo yo el cuerpo para muchos trotes. Mientras se llena la bañera enciendo el móvil que lleva apagado todo el día y según se ilumina la pantalla empieza a pitar como si estuviera poseído. Es el grupo que tenemos entre nosotras, por lo visto Alison ha vuelto y quieren celebrarlo, así que quedamos en nuestro lugar de siempre, un pequeño *pub*, llamado Samoa. Nos gustaba porque no iban los adolescentes, ya no estaba tan de moda, pero seguían poniendo buena música, la bebida no era garrafón y encima se podía bailar sin que un niñato te metiera mano a la primera de cambio. Todo un lujo hoy en día. Quedamos a las 11.00 en nuestra mesa de siempre.

También tenía mensajes de Jason, este tío no se da por aludido, no entiende lo que es un *no*, así que los ignoro y me meto en la bañera. Le he echado mi jabón favorito, el de olor a vainilla que me encanta, ¡uff, esto sí que es vida!, me relajo y cierro los ojos.

—¡Mierda!, ¡Me he dormido!

¿Qué cómo lo sé?, fácil, mi móvil no para de sonar con la musiquita de las locas de mis amigas. Al mirar la hora casi me desmayo, ¡las 11.00! Eso significa que he estado hora y media a remojo... No, si limpita hoy voy a estar. Me visto a toda prisa casi sin mirar lo que me pongo, total que más da, no quiero saber nada de los hombres, bastante tengo con intentar no caer bajo el hechizo de Jason, aunque no esté teniendo mucho éxito en resistirme.

Cuando llego las piradas de mis amigas me están fulminando con la mirada.

—Lo siento, chicas. Me dormí.

—¡Tú has tenido juerga con el jefecito otra vez, pendona! —me increpa Bea.

—¿Tanto se me nota? —pregunto.

—Tienes cara de recién follada, zorrón.

—¡Qué soez, Bea!, nunca cambiarás.— la recrimina Alison a mis espaldas.

—¡Alison!,—me lanzo a sus brazos sin pensarlo— no sabes todo lo que te he echado de menos, han pasado demasiadas cosas últimamente.

—Algo he oído, vamos a pasar dentro, con un margarita en las manos se solucionan todos los problemas.

Mientras nos poníamos al día con todos los sucesos los margaritas no faltaban en ningún momento, pero echaba de menos a Cris, no podía evitarlo, aunque para ella verme ahora no debe de ser plato de buen gusto.

—Deja de darle vueltas a todo, Carol— me dice Alison— lo que tenga que ser será, Cris te quiere y pronto comprenderá que tú no tienes la culpa de que el personaje que la ha preñado esté loco por ti y no se haya postrado a sus pies por el simple hecho de que le vaya a dar un hijo, que al parecer no quiere.

—Ya, si tienes razón, pero me duele que piense que soy la culpable de que su bebé vaya a crecer sin padre.

—Basta de cosas depresivas, hace tiempo que no vemos a Ali, así que a disfrutar— sugiere Bea en su alegre forma de ver la vida.

—Antes de seguir bebiendo, tengo que ir al baño, si no quiero que me explote la vejiga—les confieso.

Al levantarme todo me da vueltas, van a tener razón todos aquellos que dicen que sentada te emborrachas antes, es eso, o todos los margaritas que tengo en sangre ahora mismo.

Al salir del baño empieza una canción que me encanta y voy corriendo a la mesa para sacar a las chicas a bailar, pero un torso duro me lo impide.

—Lo siento, no le vi.

—¿Carol?

No, no, no. ¿Por qué a mí? ¿No hay sitios en todo Madrid para que tenga en frente a la última persona que querría ver en mi vida? Debo de haber hecho algo realmente malo en mi vida anterior para que el karma me castigue de esta forma.

Me he quedado paralizada, se supone que lo tenía superado, que no debería afectarme, pero escuchar mi nombre otra vez de labios de Roberto y en las alcoholizadas condiciones que me encuentro no es bueno para mi salud metal.

En cuanto alzo la vista me quedo atrapada en esa mirada del color del chocolate fundido, todos los recuerdos me invaden, tanto los buenos, como los malos, sobre todo la forma en la que me dejó una semana antes de la boda.

No puedo con esto, siento como las lágrimas acuden a mis ojos, así que hago lo único que puede mantener mi integridad mental, huir.

—Espera un momento, Carol, ¿estás bien?

Este tío es idiota o se lo hace, ¡¿pero qué se ha creído?! Levanto la barbilla con indignación y con la voz más fría que puedo le suelto.

33

—Perdiste el derecho a preguntarme eso en cuanto decidiste meter tu polla entre las piernas de tu secretaria.

—Ya me disculpe por eso, nena, y ha sido el mayor error de mi vida, te lo aseguro, no hay día que no eche de menos tenerte entre mis brazos.

Mi corazón se acelera con esas palabras, ¿pero bueno soy idiota o qué? No puedo caer, ante él me siento indefensa, como si todavía tuviera control sobre mi cuerpo, ¿podría ser que todavía estuviera enamorada de él?

—Robertito, cielo, suelta a mi amiga.

—Un placer volver a verte, Bea.

—No se puede decir que sea reciproco, — noto cómo los brazos de Bea me sostienen, me conoce y sabe que estoy a punto de hundirme, de volver a ser la misma de hace una semana, un saco de carne y huesos lloroso y deprimido —una última cosa monín, cómo se te ocurra acercarte a ella una sola vez más, te arranco de cuajo aquello que tanto aprecias, ¿entendido?

No espera a que conteste, nos damos la vuelta y salimos del local.

—Tranquila cielo, la fiesta se acabó por hoy, no dejes que ese pedante te afecte, no dejes de sonreír. Mira eso es algo que tengo que agradecerle a Jason. Este mierda no se merece ni una sola lágrima más, así que para olvidarlo, mañana nos vamos al concierto de unos amigos, ¿te parece?

No la conteste, para qué, me conocía y sabía cómo me sentía ahora mismo, tenía que olvidar que le había visto. Bea tiene razón desde que Jason apareció en mi vida era otra persona, la sonrisa había vuelto a adornar mi cara, y aunque no le quisiera cerca de mí, solo con pensar en él, simplemente sonreía.

Capítulo 4
Y que nos despierten los rayos del sol

Me despierto con los rayos del sol que entran por la ventana de mi habitación. La cabeza me va a estallar, no voy a hacerme la típica promesa de no volver a beber porque no sería sincera, pero, ¡cómo odio las mañanas de resaca! Intento recodar todo lo que pasó anoche, y cuándo unos ojos vienen a mi mente intento convencerme de que no es cierto, de que no es posible que anoche estuviera con Roberto. Por suerte estoy vestida, así que descarto que sea él, el que esté haciendo ese ruido en mi cocina. Cuando tengo el valor de levantarme para ver quién es mi invitado sorpresa, Bea entra en mi habitación con una bandeja de desayuno cargada de todo tipo de cosas que van directas a quedarse a vivir en el trasero.

—¡Buenos días, resacosa!, el menú degustación de hoy consiste en café, zumo de naranja natural, fruta variada, y unos *croissants* rellenos de chocolate con leche y chocolate blanco recién hechos, bueno, recién comprados en la pastelería de aquí abajo.

No sé qué sería de mí si no tuviera a mis amigas conmigo, aunque ahora a la que más siento a mi lado es a Bea, sé, o por lo menos espero, que si las necesitara estarían todas a mi lado.

—Gracias Bea, por todo.

—No tienes que darlas, princesa, eso sí… Esta noche te vienes conmigo al concierto de mis amigos y no me vale un «no me apetece»— dice intentando imitar mi voz— como respuesta.

35

Uff, lo que menos me apetece en estos momentos es salir, aunque solo sea de la cama. Implica volver al mundo real y ahora mismo quiero proteger mi cordura, pero sobre todo mi corazón. Sin embargo, es posible que Bea tenga razón y un concierto sea lo que necesito para despejarme.

—Está bien, está bien.

—¡Esa es mi chica!

Vale, ahora mismo me arrepiento no solo de haber dicho que saldría sino también de haber dejado que me eligiera el modelito. Sigo mirándome al espejo sin dar crédito a lo que ven mis ojos… No parezco yo, mi melena castaña está rizada hasta media espalda, me ha maquillado de tal forma que mis ojos azules resaltan entre todo el mejunje negro que me ha puesto, los labios me los ha pintado en sus palabras de «rojo blanca nieves». Me ha plantado un corsé negro con pequeños detalles de encaje atado con lazada en la espalda, y aquí sí, tengo que otorgarle que me hace una delantera de infarto, una minifalda simple de tela vaquera, bueno un trozo de tela que se supone que es una falda, y para rematar el conjunto ha incluido unos tacones negros que cuando me los quite esta noche voy a tener que mimar mis pies durante una semana entera.

—Estás increíble, deja de mirarte para encontrar alguna pega.

—Bea, no parezco yo, simplemente no me reconozco.

—Eres tú en tu versión de *femme fatale*, en serio, estás alucinantemente sexi. Me das hasta envidia, ¿dónde tenías escondidas esas tetas?

—Son las mismas de siempre, pero esta cosa me las apretuja hacia arriba.

—Esa es su función, muñeca, mostrar al mundo lo que tienes ahí metido.

***

Cuando llegamos al local del concierto me entran unas ansias asesinas de matar a Bea.

—¿Se puede saber dónde cojones me has traído?

—No me mires así, ya cambiarás de opinión cuando entres. El local es de un amigo mío, ya sabes uno de los chicos del grupo. Lo han tenido que trasladar a las afueras de Madrid, porque el del centro se les quedaba pequeño y los clientes se quejaban de no poder aparcar. En serio, Carol, entra y verás que te gusta. Nunca te llevaría a un antro.

Según cruzo las puertas tengo que morderme la lengua para no darle la razón a Bea. El local es una pasada, es enorme, a pesar de estar lleno de gente. El escenario está en el centro, hay dos barras, una a cada lado y al fondo hay unas escaleras que dan a un segundo piso. Lo flipante es que ese segundo piso es completamente transparente, ¡el suelo incluido! La decoración es de temática *rock* y está decorado en tonos oscuros y detalles cromados. Sigo alucinando cuando me fijo en la gente, hay de todo tipo, pero la mayoría van vestidos en cuero, menos mal que Bea se ha encargado de vestirnos a las dos, porque si no desentonaría en este ambiente.

—Vamos al piso de arriba, hoy tenemos pases vips.

—No voy a preguntarte cómo los has conseguido.

—En ocasiones tirarte al batería y socio de esto tiene sus ventajas.

37

Al subir arriba la sensación de vértigo es asombrosa, parece que te estás precipitando al vacío. Estoy con la boca abierta sin poder cerrarla cuando siento a alguien a mis espaldas, no le doy importancia hasta que noto cómo me olisquean el cuello y me dan un beso en la nuca. Me giro con toda mi mala leche dispuesta a cruzarle la cara al tío que se haya tomado esa libertad, pero unos ojos azules me paran en seco.

—Me estás volviendo loco con este modelito, princesa.

—Jason, ¿qué estás haciendo aquí?

—Mi mejor amigo es el dueño, y el cantante del grupo que toca esta noche. Lo que no me esperaba es que tú estuvieras aquí.

—Bea me ha traído prácticamente a rastras.

A partir de ese momento no se separa de mí, la noche va avanzando y tengo que decir que el grupo es increíble, tienen canciones propias aunque también versionan a los grandes del *rock*. El servicio de la zona vip es lo más, no has terminado una cerveza cuando ya tienes otra entera y fría en la mano. Bea ha desaparecido en cuanto me ha visto con Jason, ya no le preocupa que esté sola, no la veo desde que empezó el concierto, y no es que me aburra pero no nos hemos dirigido la palabra desde que nos hemos saludado. No estoy incomoda, me gusta su cercanía, aunque no se lo confesaría ni loca, pero es agradable sentirse protegida. Con la ventaja de tener completo acceso visual al piso inferior aprovecho para ver si encuentro a mi amiga.

—Si buscas a Bea, está en primera fila, babeando literalmente sobre el cantante.

Centro mi mirada donde me ha dicho, y efectivamente ahí está mi amiga, completamente absorta en el cantante del grupo, aunque por lo que parece es mutuo, ya que parece que le esté dando un concierto privado solo a ella.

—¡Vaya! Esto se pone interesante —dice de repente Jason.

—¿Por qué?

—Porque nunca había visto a Eric tan interesando en una mujer sin haberla conocido antes.

—¿Eric?

—Como te dije antes, estoy aquí por mi amigo, el cantante del grupo de esta noche, y ahí le tienes, contemplando a tu amiga como si se la quisiera comer. Incluso puede que lo haga— me confiesa riendo.

Cuando acaba el concierto me despido de Jason con la excusa de ir al baño, pero lo cierto es que no pienso volver a su lado, esto no era una cita, ni se va a transformar en una.

Cuando llego al piso de abajo me es imposible moverme, hay demasiada gente. Me empiezo a agobiar, y no creo que sea efecto de la bebida porque no he bebido demasiado pero me siento mareada y me empieza a faltar el aire. Me dirijo todo lo rápido que el tumulto de gente me permite hacia la salida. Ya en el frescor de la noche intento respirar con normalidad. No sé por qué me agobian los espacios cerrados, me siento pequeña y me cuesta tomar aliento.

Ya estoy más tranquila pero decido pasear un poco antes de pasar a buscar a Bea. Está todo lleno de motos, me imagino que son los principales clientes de este bar, es una maravilla ver tanto cacharro de dos ruedas junto. De repente, escucho unos ruidos extraños, todas mis alarmas me gritan que huya, pero mi curiosidad es más fuerte y me vence. Parecen gemidos, pero no creo que sea posible, seguro que me estoy volviendo loca. Estando a punto de girarme pensando que es todo producto de mi imaginación vuelvo a escucharlos, ¡mierda, sí son gemidos! ¡Hay una pareja montándoselo encima de una moto! No les

39

puedo ver las caras, pero no puedo dejar de mirarlos. ¿Desde cuándo me he vuelto una *voyeur?* Ni idea pero la imagen delante de mí es tan sumamente erótica que no puedo mirar hacia otro lado. El hombre está sentado en la moto y la mujer lo cabalga cual amazona, las manos de él son grandes y parece que tiene fuerza porque la impulsa con acometidas fuertes, tiene la cara sumergida entre sus pechos pegándole ligueros mordiscos que la hacen gemir más fuerte, cada susurro, cada penetración, cada gemido que escucho hacen que mi entrepierna vibre, que pida a gritos ser tocada… Sin darme cuenta comienzo a acariciarme. ¡Dios, estoy demasiado excitada!, necesito llegar al orgasmo con la misma urgencia que los amantes desconocidos, estoy tan concentrada en la escena que no siento cuando se me afloja el corsé hasta que unas manos me masajean los pezones, gimo y me giro, dispuesta a dejar que esas manos me lleven al mayor de los placeres aunque no conozca a su dueño pero no tengo ese problema porque pertenecen al objeto de mi lujuria, el único hombre que se ha acercado a mí en estos últimos seis meses y ahora mismo el único que necesito. Me jure a mí misma que no le dejaría acercarse más a mí, pero es tanta mi urgencia que me lanzo hacia él como si besarle fuera lo único que me mantuviera con vida en ese momento. Nuestros labios se unen con auténtico frenesí, y nuestras lenguas intentan ganar una batalla sin fin. Cuando siento que me falta el aire me separo un poco de él y le susurro.

—Hazme tuya, Jason.

—Princesa…—gime— No tenía conocimiento de esta vena tuya de mirona, pero si es lo que necesito para que vuelvas a mis brazos, así será.

Me coge en volandas y me conduce hacia un árbol, yo sin más me dejo hacer, me agarro a su pelo mientras le devoro a besos, me aparta las bragas a un lado y me penetra sin miramientos. No sé qué me sucede cuando Jason me toca que pierdo toda mi cordura y solo lo necesito a él. Estoy segura de que esto va a ser rápido, estamos desatados, es rozarnos y consumirnos. Le noto temblar sé que está cerca y que quiere que le acompañe, así que bajo una de mis manos y comienzo a acariciarme, lo nota, y me mira asombrado, pero continua con ese vaivén por el que nuestros cuerpos gritan de necesidad.

—¡Dios Carol!, me vuelves loco. Sigue así, princesa.

Y así con los gemidos de dos amantes desconocidos como coro, nos fundimos de nuevo, llegando al clímax juntos. Cuando nuestras respiraciones se normalizan, le sigo sintiendo duro dentro de mí.

—Te sigo necesitando, pasa la noche conmigo.

Y no sé lo que me ha poseído en ese momento que solo puedo contestarle con una palabra.

—Sí.

Nos adecentamos la ropa y salimos de nuestro pequeño escondite. La pareja de la moto ya no está, mejor, así me evito el bochorno de ponerles cara. Le mando un WhatsApp a Bea diciéndole que no se preocupe que me voy con Jason y que ya hablaremos mañana.

Cuando llegamos a su apartamento no tengo tiempo de ver nada, me besa, alzándome del culo y dirigiéndose conmigo en volandas directamente al dormitorio. Todavía tengo la cabeza llena de dudas, pero con cada caricia, con cada beso, Jason hace que desaparezcan. En el momento que me tiene desnuda y a su merced, caigo en la cuenta de

41

que es la primera vez que me tiene así, y lo disfruta, vaya que si lo disfruta, no deja de observarme, y de comerme con la mirada.

—Eres tan perfecta —susurra —parece que estás hecha para volverme loco, no puedo dejar de mirarte, princesa. Eres perfecta y mía.

No quiero oír nada más, porque está haciendo que todas mis barreras se agrieten y no puedo permitirlo. Me pierdo en su cuello dispuesta a pasar la mejor noche de pasión de nuestras vidas. Me coge de las muñecas retrocediendo hasta que chocamos con la cama, las eleva y las ata al cabecero de la cama con una de mis medias.

—Toda mía — me susurra al oído para después morderlo con suavidad y calmarlo con un reguero de besos.

Se entretiene un poco más en mis pechos, consiguiendo excitarme como nunca lo habían hecho. Noto cómo se va elevando el nudo en mi vientre, ¿es posible alcanzar el orgasmo así? Me mira interrogante cómo si no pudiera creerse que solo de esta manera pueda llegar. Niego con la cabeza y comienzo a ponerme nerviosa. Cuando nota mi cambio, continua con sus juegos soplándome a la altura del ombligo y la sensación hace que un escalofrío recorra mi cuerpo.

—Todavía no, princesa. Necesitaba enfriarte un poco —me señala riendo.

Me va a terminar volviendo loca. Grito cuando siento su lengua acariciar despacio mi hinchado clítoris, ¡guau, no me lo esperaba!, y la sensación se duplicada cuando me invade con uno de sus dedos. Arqueo mi espalda por el placer, necesito tocarlo, me tenso cuando ese dedo lubricado se dirige hacia mi ano, penetrándolo con cuidado, estoy tan lubricada que la intromisión a esa zona virgen de mi cuerpo no me molesta, al contrario, estallo en un orgasmo tan espontáneo como demoledor. Mi cuerpo se queda laxo sobre la cama, Jason rehace el camino sobre mi cuerpo entre besos, lametones y pequeños mordiscos, me desata las manos, pero no me las suelta, entrelaza nuestros dedos sobre la almohada y me penetra lentamente, nuestras miradas se quedan atrapadas mientras nuestros cuerpos se mueven buscando más fricción para intentar llegar al cielo. Y ocurre, el orgasmo nos alcanza a la vez, Jason apoya la frente sobre la mía intentando recuperar el aliento pero sin cortar la conexión de nuestras miradas. Mi mente trabaja a mil por hora, no puede ser amor eso que me está transmitiendo, cierro los ojos de golpe, no quiero que me quiera, esto no va a funcionar.

—Todavía te deseo, princesa— y es cuando lo noto, sigue duro en mi interior. —Vamos a por el tercer *round*.

Me gira sobre la cama, y me eleva, y sin más se empieza a mover dentro de mí, fuerte, rudo, parece que está cabreado conmigo por haber cerrado los ojos, o simplemente me quiere dar el espacio que necesito. Cuando me da un pequeño azote, grito.

—¡Oye!

—Piensas demasiado, princesa. Déjate llevar.

Empieza a hacerme pequeños círculos en mi sensible clítoris, y mi mente desconecta en ese momento centrándose en todas las sensaciones que me provoca. En un par de movimientos más alcanzamos el clímax, cae sobre mí dejándome aplastada sobre el colchón durante varios segundos, ya que enseguida nos gira y me abraza. Apoyo la cabeza sobre su pecho notando el latido acelerado de su corazón y como sus pulmones intentan recuperar el aliento. Tengo que irme, esto no puede ir a más. Intento alejarme pero me abraza con más fuerza. Comienza a repartir pequeñas caricias por mi espalda que hacen que me relaje y vaya cerrando mis ojos poco a poco, lo último que escucho antes de caer al mundo de los sueños es su voz en un susurro suave.

—Esta noche no te escapas. Descansa, princesa.

Como viene siendo costumbre últimamente me despiertan los rayos del sol. ¿Por qué nunca me acordaré de cerrar la maldita persiana? Al sentir un brazo rodeándome con posesión y una respiración en la nuca, en un principio me asusto, pero de golpe recuerdo todos los momentos vividos anoche, todas las caricias, todos los besos, esas miradas cargadas de sentimientos no dichos y sin poder evitarlo entro en pánico. No quiero, mejor dicho, no puedo volver a entregarle mi corazón a otro hombre. Tengo la sensación de que si dejo que Jason se acerque más terminará de despedazar lo poco que dejó Rober unido, así que todo lo despacio que puedo salgo de la cárcel de sus brazos. Como es de día y entra luz suficiente por el ventanal, me es sencillo encontrar toda mi ropa. Me visto en el salón por miedo a despertarle. Estando a punto de salir por la puerta llama mi atención un bloc de notas en el aparador de la entrada, y sin pensarlo le dejo una nota.

«*Lo siento, no puedo.*»

Y cierro la puerta sin mirar atrás. No sé si estoy haciendo bien cerrándome así, pero ahora mismo necesito sentirme segura, volver a encontrarme a mí misma en los pedacitos que dejo Rober cuando se fue. Saliendo del portal me cruzo con una mujer entrada en años que lleva sus canas orgullosa, va vestida impecable, es la viva imagen del buen gusto, y tengo el fugaz pensamiento de que me gustaría ser como ella, parece segura de sí misma, con la mirada altiva, superior, como si nada pudiera dañarla. La expresión de asco que pone cuando le digo buenos días termina de hundirme esa mañana así que corro a coger el primer taxi que veo. Solo quiero llegar a casa, meterme en la cama y si es posible no volver a salir jamás.

≈ Jason≪

Me despierto con el sonido del timbre, y lo primero que siento es que estoy solo en la cama.

—¡Joder! Se ha vuelto a ir.

Sin necesidad de buscarla en la casa lo sé, es lo que hace cuando se siente presionada, pero no me voy a rendir. Me dirijo a la puerta para ver quién cojones se presenta en mi casa un domingo a las ocho de la mañana. Al momento de abrir la puerta palidezco. La mujer entra en mi casa despotricando no sé qué cosas sobre el poco glamour de las jovencitas de hoy en día, la chusma que dejan entrar en mi edificio y no sé qué mierdas más. Cuando ve que la miro asombrado por fin se calla y me dedica una reluciente sonrisa.

—Buenos días, hijo.

Como ve que sigo sin moverme sustituye la sonrisa por un mohín de desagrado.

—¿No hay ni un saludo para tu madre después de que hace tanto tiempo que no nos vemos?

—¿Qué hace aquí, Madre?

—Visitarte, querido, ya que tú no vas a casa he decidido venirme yo unos días.

Y sé sin lugar a dudas que esto me va a complicar mi sencilla vida. Cuando reacciono y voy a cerrar la puerta me fijo que hay algo escrito en el cuaderno de la entrada.

«Lo siento, no puedo.»

Y lo único que me viene a la mente al leerlo es una palabra… *Mía*.

No me lo va a poner fácil pero la quiero conmigo y nada ni nadie podrá impedírmelo. Con ese pensamiento me dirijo con una sonrisa a abrazar a mi madre, pensando ya en el próximo movimiento para conseguirla.

≫Capítulo 5≪

Un amigo incondicional

El lunes cuando llego a la oficina no sé qué me voy a encontrar, después de pasarme todo el domingo en la cama con el móvil apagado creo que mi vuelta al mundo de los vivos me va a arrear una bofetada. Al cruzar la mirada con Bea sé que su fin de semana ha sido apoteósico. Tiene una cara de mujer plenamente satisfecha que no puede con ella. Intento sonreírle para que no note que el mío no ha ido todo lo bien que debería, y sé que es mi culpa porque podría abrirme a un nuevo amor pero mi autoestima está ahora mismo en un nivel por debajo del subsuelo. Sé que con Jason todo es diferente, él me hace creer que soy hermosa, lo más bonito que ha visto nunca y eso me da un miedo atroz. Mi cuerpo lo reconoce cuando está cerca, no sé qué clase de radar he desarrollado para ser capaz de presentirlo, pasa por mi lado musitando un simple buenos días sin ni siquiera mirarme y mi corazón se rompe otro poquito. Intento autoconvencerme de que es bueno que me ignore de que es lo que yo quería, pero anhelo una mirada traviesa acompañada de esa sonrisa pícara que me recuerda que estoy viva, anhelo sentirme deseada. Ahora mismo soy toda una contradicción por lo que me centro en el trabajo e intento no pensar en ese par de ojos azules que me tienen presa de un hechizo al que me resisto a caer.

La semana pasa sin ningún tipo de acercamiento de su parte y yo me hundo más en mí misma de lo que me gustaría admitir. Bea está en su mundo feliz, cada día al salir del trabajo Eric la está esperando por lo que no hemos tenido demasiado contacto. Sé que está más que feliz y yo me alegro, aunque también me da envidia, de la sana pero no deja de ser envidia. Adoro esa vitalidad suya, esa forma despreocupada de enfrentarse a la vida, si la hieren sale de sus cenizas cual ave fénix, muchas veces me gustaría poder ser como ella.

El viernes al salir me encuentro a Alex hablando con Jason, no quiero escucharlos pero por lo visto Jason lleva toda la semana de un humor de perros porque tiene a su madre en casa llevándolo de acto social en acto social sin posibilidad de negarse. Me alejo de ellos sin escuchar nada más, me pregunto si es por eso por lo que ha estado evitándome o si es por cómo salí de su casa el sábado. Según me alejo en dirección a mi coche noto su mirada en la nuca y me empieza a poner nerviosa pero aun así no me giro. Tengo ganas de llegar a casa y descansar de esta semana de altibajos emocionales.

El sábado después de una jornada intensiva de limpieza decido ponerme una de mis películas favoritas *Por siempre jamás*, una versión moderna de la *Cenicienta*. Así que armada con mi Coca-Cola y mi bol de palomitas para un regimiento me pongo a verla. En el momento en el que le doy al *play* el sonido de un WhatsApp me distrae.

«Aunque te esté dando algo de tiempo para acostumbrarte a mí no me olvido de ti, ni del sabor de tus besos, pero sobre todo tengo en mi memoria la reacción de tu cuerpo a mis caricias. Pienso en ti, princesa.»

Y a la mierda mi concentración, ya no soy capaz de prestar atención a la película, por el contrario recreo en mi mente todas las veces que

Jason me ha besado y acariciado con pasión, y a pesar de todos mis miedos le necesito. En este preciso momento me gustaría que estuviera aquí. Aparto esos pensamientos de mi cabeza, lo que mejor me vendría ahora es tomar algo de aire así que me visto y me voy a dar un paseo por el parque.

Después de un rato me doy cuenta que igual no ha sido mi mejor idea, todo son parejas enamoradas, familias con niños, y me hacen sentir aún más sola. ¡Mierda! Estoy para que me encierren, no quiero volver a sufrir, a pasar por lo mismo así que tomo una decisión rápida y me dirijo al refugio de animales de la ciudad.

—Buenas tardes, quería adoptar a un perro.

—¡Genial! Tenemos un montón de amiguitos que están buscando una segunda oportunidad.

Me voy con la chica hacia las jaulas donde hay cierto alboroto. Me paseo mirando a todos aquellos pequeños que la gente ha abandonado. Ya me estoy arrepintiendo de haber venido, no sé ni cuidar de mí misma como para darle cariño a un animal. Estoy a punto de decirle a la chica que me lo pensaré cuando le veo. En el fondo de una de las jaulas hay un perro de tamaño mediano, de raza indescifrable para mí con un pelaje negro y blanco pero lo que llama mi atención es su mirada, es la mirada más triste que he visto nunca. Me siento identificada con él, sus ojos son reflejo de un solo sentimiento, soledad. Lo tengo claro quiero a ese bichito para darle todo el amor que se merece, porque nadie debe estar solo, todo el mundo merece amor.

—Quiero a ese de allí—le digo a la chica señalando hacia la jaula.

—¿Está segura?

—Sin duda. ¿Por qué lo pregunta?, ¿le pasa algo?

—No, no, está completamente sano. El problema es que es mayor y ya nadie le quiere, lleva con nosotros demasiado tiempo el pobrecito.

—Pues es la hora de que alguien le dé una oportunidad, ¿no cree?— le contesto mirándole a los ojos.

—Claro, vamos a rellenar todo el papeleo mientras mi compañero le saca de la jaula.

Y así tomando la primera decisión acertada, aunque precipitada, en mucho tiempo tengo una compañía a los pies de mi cama mirándome con total admiración. ¡Vamos quien diga que los animales son seres sin sentimientos es porque no ha tenido nunca ninguno! Tendré que ponerle un nombre pero no me decido por ninguno. Solo tenerle aquí conmigo ha hecho que mi sentimiento de soledad se esfumara.

***

El domingo por la mañana Bea me llama para ir a desayunar juntas. Le digo de quedar en el bar del parque y así aprovecho para pasear a Nerón. Sí, anoche por fin me vino a la mente su nombre, significa alguien con gran valor y fuerza, y el pobre después de todo lo que ha pasado todavía está dispuesto a darme una oportunidad, y nada me demuestra más valor y fuerza que eso. Desde que llegamos ayer a casa no se ha separado de mí en absoluto y aprovecha cada momento que tengo de bajón para acercarse y besuquearme toda la cara.

Cuando llegamos al parque la cara de Bea es un poema, yo me río para mis adentros, esta chica es un libro abierto puedes ver todas sus emociones a través de sus gestos.

—No te sorprendas tanto y acércate despacio— Nerón al verla se esconde entre mis piernas y comienza a temblar. —Despacio, Bea, por favor, está muy asustado.

Sin pensárselo demasiado se arrodilla y poniendo cara de angelito empieza a hablarle.

—¿Y quién es esta pequeña preciosidad?, ven aquí, cosita mía, deja que la tía Bea te achuche.

Nerón al verla a su altura se acerca poco a poco y tomándonos a las dos por sorpresa se lanza encima de Bea tirándola al suelo, ocasión que mi peludito aprovecha para hacerle una limpieza de cara. No lo puedo evitar y empiezo a reírme sin parar, la situación es lo más cómico que me ha pasado en toda la semana y termino en el suelo muerta de la risa con Bea suplicándome que se lo quite de encima.

Después del espectáculo nos sentamos a tomarnos un café

—Bueno, bueno, así que este es tu último proyecto solidario.

—No es ningún proyecto, Bea, lo he adoptado.

Bea me mira como sopesando sus siguientes palabras.

—Bueno, me imagino que os vendréis bien el uno al otro, así que... ¿Cuál es el nombre del nuevo miembro de la familia?

—Nerón — al oírme llamarlo levanta la cabecita del suelo y me mira expectante. — Tranquilo pequeño sigue descansado— si no fuera porque sé que es imposible juraría que se ha encogido de hombros como dándome por imposible.

— No llevo una buena semana, Bea, y el sábado me sentía tan sola y tan hundida que fui al refugio. Te prometo que cuando me di cuenta de que no podía cuidar ni de mí misma iba a salir de allí pitando pero entonces le vi, y supe que tenía que ayudarle, darle todo el amor que no le había dado nadie. Así que, aquí estamos. Vamos a dejar de hablar de cosas tristes, eh, pasemos a temas más interesantes… ¿Qué tal con Eric, por ejemplo?

Sin necesidad de que me diga nada lo sé, está enamoradita perdida, y su expresión lo deja todo claro, Eric la hace feliz.

—No sabría por dónde empezar Carol. Es tan, tan… Creo que la palabra sería perfecto. Le ves con sus tatuajes, su moto, y sus pintas de chico duro, y puedes pensar que te partirá el corazón en cuanto se meta entre tus piernas, pero no, en realidad es un chico súper dulce, atento, cariñoso, amable, risueño… — la miro y solo falta que le salgan corazoncitos de los ojos— Estoy perdida amiga, me he enamorado hasta las trancas, pero bueno, tengo la sensación de que es mutuo, así que prefiero no preocuparme por el que pasará, de lo cual deberías tomar nota y darle una oportunidad a quién tú y yo sabemos, princesa.

—No quiero hablar de eso. ¿Qué tal Cris? ¿Has hablado con ella?

—Buena estrategia morena. Sí, sí hable con ella, por lo visto Alex y ella están teniendo contacto telefónico, y las cosas empiezan a cuajar un poco, pero me da miedo que sufra. Creo que Alex sigue encaprichado contigo, aunque tengo claro que no está enamorado de ti, por lo que tendremos que esperar a ver qué pasa. Por lo visto la va a acompañar a la siguiente ecografía.

—Me alegro mucho, díselo la próxima vez que hables con ella. Creo que ese pequeño les va a unir, y acabarán creando una familia maravillosa.

—Cierto… ¡Ay, que tú no lo sabes!, con todo mi mundo de amor maravilloso se me pasó decírtelo, Cris está esperando gemelos.

—¡Guau!, ¡vaya…!,— mi cara tiene que ser todo un poema ahora mismo—eso sí que no me lo esperaba.

—Ya tía, este Alex tiene demasiada puntería— me dice riéndose.

Cuando estamos juntas perdemos la noción del tiempo, así que lo que iba a ser un café se termina transformando en una comida. Me hace bien estar con ella, me conoce mejor que yo misma, y sé lo que intenta, sabe que con sus conversaciones absurdas y sus últimas anécdotas sexuales hace que me evada un poco de mis problemas.

—Y claro con todo el morbo de saber que estábamos en plena calle, encima de su moto…

Mis ojos se abren a la par que mi boca, no soy capaz de pensar con claridad, no puede ser. Bea no puede ser parte de la pareja que se lo estaba montando a la salida del club aquella noche.

—¿Estás bien, Carol?— pregunta Bea notándome más callada de lo normal.

No soy capaz de contestarla, simplemente boqueo como un pez fuera del agua. Cuando recupero el habla o por lo menos la conexión con mi cerebro/lengua la contesto.

—Bueno es que… Esa escena que me estás contando ahora me suena bastante familiar.

—¿En serio?, ¿tú también?

—No, no es como piensas, ese sábado me agobié estando dentro del club y salí a tomar el aire. Me iba a casa cuando os escuché, bueno ahora sé que erais vosotros, pero aquel día erais unos desconocidos, y yo no podía parar de miraros. Jason me encontró, y termino follándome contra un árbol con los sonidos de vuestros gemidos de fondo.

Ahora la que flipa es ella, no sé qué se le estará pasando por la cabeza, pero de pronto estalla en carcajadas, se está riendo tan fuerte que se termina cayendo de la silla. Al rato, cuando consigue dejar de reírse me suelta que se alegra de haber sido nuestro afrodisíaco particular.

—Mira, no quiero seguir hablando del tema, así que me voy que tengo cosas que hacer. Contesta a tu chico, que se debe estar muriendo de ganas por verte.

—Pues mira, sí, ahora mismo me voy a su apartamento. Si quieres llamo a Jason y os venís a mirar, igual se os quita toda la tontería de golpe.

Y después de soltarla como solo ella sabe, sin más acaricia a Nerón y se marcha, y yo me quedo alucinando, esta chica siempre tiene que tener la última palabra.

—Vamos pequeñajo, es hora de irnos a casa.

***

El lunes estoy nerviosa por volver a verle, no le contesté al mensaje y no sé cómo se lo habrá tomado. ¡Bórrate eso de la mente Carol, que se lo tome cómo quiera, no sois nada, y no quieres llegar a serlo! Vaya, no si al final voy a tener que ir al psicólogo… ya hasta tengo conversaciones conmigo misma.

En cuanto entro en la oficina lo primero que me llama la atención es él, está enfadado, más bien furioso, su mirada me taladra. No creo que sea tan malo no responderle a un mensaje, ¡por dios, cómo se lo toma todo! Cuando llego a mi mesa entiendo el motivo de su enfado, sobre ella hay una preciosa rosa negra, y me imagino que no es de Jason. Pues bien, ahora voy a demostrarle que no me importa lo que piense. Cojo la rosa y con una pequeña sonrisa la huelo, cerrando los ojos al disfrutar de su aroma. Solo una persona que me conozca tan bien sabe que las rosas negras son mis favoritas, no quiero apresurarme en delatar al autor de dicho regalo, pero empiezo a ponerme nerviosa. Agarro la tarjeta que acompaña a la flor y con manos temblorosas la abro.

> *« Me porté como un imbécil pero sigues siendo lo mejor de mi vida. Dame una oportunidad para demostrarte cuanto te amo. Te echo de menos, nena.»*
>
> *Tuyo, Rober*

Levanto la mirada y me encuentro con los ojos interrogantes de Jason. Me repito mentalmente que no somos nada, que no tengo que darle ninguna explicación en absoluto. Tampoco quiero saber nada del otro impresentable así que decidida rompo la nota en mil pedazos y la tiro a la basura. La rosa es tan bonita que no se merece ese final, la coloco en la mesa junto al ordenador, y me siento a empezar mi jornada laboral ante la insistente e interrogante mirada de Jason. Me aplaudo mentalmente a mí misma, esto es todo un avance para mí, he sido capaz de pasar de Rober sin derrumbarme en el intento, y por el camino he podido aguantar sin caer ante Jason.

❧Capítulo 6❧

Descubrimientos de última hora

Las semanas siguen pasando delante de mis ojos como si el tiempo no importara. Jason no se ha vuelto a acercar a mí, pero cada mañana me recibe con la misma mirada de ira y reproche. Todo es porque Rober no ha dejado de enviarme una rosa diaria, el chico es insistente, no se rinde, pero no se merece que le perdone, al menos aún. Debería aplicarse ese dicho que dice que el tren solo pasa una vez en la vida y el suyo ya lo ha perdido. Curiosamente saber que le tengo detrás de mí, pendiente de un perdón y una nueva oportunidad, está elevando mi ego poco a poco. No viene mal que vea lo que se perdió por idiota, y si necesita consuelo que vaya a consolarse a los brazos de su secretaria. ¡Bah, fuera pensamientos negativos!, me he propuesto ser feliz y eso implica quererme más a mí misma con todas mis imperfecciones. El pequeño peludito que tengo en casa es la mayor alegría que me rodea ahora mismo, hemos avanzado mucho juntos, ni él tiene ya esa mirada de abandono, ni yo me siento tan poca cosa como antes. Aprovechando todas las buenas sensaciones que siento le escribo a Bea un mensaje.

> *«No hagas planes, esta tarde eres toda mía. ¡Toca cambio de look integral!»*

No tarda mucho en contestarme está igual de loca que yo y sé que voy a tener su apoyo haga lo que haga.

« *No sé qué estarás pensado pero me apunto, ya va siendo*
hora de que Eric me vea un nuevo modelito.»

Como estoy impaciente la hora de salida del trabajo llega antes de lo
que espero. Nada más salir voy en busca de Bea.

—Vayamos a fundir esas tarjetas, es lo mínimo después de darle a mi
chico malo el disgusto de que esta tarde no puede follar... Digo
hacerme mimitos con todo su amor— me suelta Bea nada más verme.

Y después de soltar este comentario tan suyo Bea estalla en
carcajadas y yo no puedo hacer más que seguirla. Así, entre risas, nos
dirigimos a nuestro primer destino, la peluquería.

Bea tiene unas ondas rubias preciosas y le prohíbo que se las toque
es como su sello distintivo, le da un aire angelical que rompe como no
en cuanto abre la boca. Yo por el contrario necesito un cambio
completo, así que antes de arrepentirme le digo a la peluquera que se
deshaga de mi melena y me deje el pelo a la altura del cuello, me mira
asombrada pero no rechista y se pone manos a la obra. Cuando por fin
termino me voy en busca de mi amiga que como no tenía que hacerse
nada en el pelo se está dejando mimar un poco con una *mani/pedi* y una
mascarilla de extraño color verde en la cara. Cuando la veo parece
sacada de una película de Hollywood.

—Ya estoy aquí.

No sé qué cara pondrá cuando me vea tan cambiada. El cambio es
grande, pero yo me veo bien, me hace parecer más niña, como si
hubiera rejuvenecido unos añitos de golpe, y con el cambio me he

desprendido un poco de mi antigua yo. En el momento que se quita el pepino de los ojos alucina, veo como le cuesta hasta reconocerme.

—En boca cerrada no entran moscas— le digo con guasa.

—¡Pellízcame!— me encojo de hombros y me acerco a pellizcarla— ¡Ay… no hacía falta hacerlo con fuerza!

—Anda, pendón, que sé que te gusta duro.

—Ja, ja. Tienes razón no te la voy a quitar, pero eso no es lo importante ahora. Estás preciosa Carol, es como si volvieras al instituto, con ese toque juvenil uno que yo me sé no podrá seguir apartado.

—No lo he hecho por nadie, simplemente por mí, y aunque te parezca absurdo, me siento una persona nueva, más optimista.

—En fin… El pelo crece y como encima te sienta bien has tomado la decisión correcta. Fíjate que estoy por cortármelo yo también.

—¡Ah, no, no! Eso sí que no, anda quítate eso de la cara que nuestra siguiente parada te va a gustar más.

Y así es, el siguiente lugar al que vamos es una tienda de lencería llamada *My Little Secret*, y nada más entrar tenemos claro que se va a convertir en nuestra tienda habitual. Me encanta, puedes encontrar desde el más virginal de los conjuntos hasta el más provocativo y seductor.

—¡Ou yeah, nena! Yo sé de uno que va a disfrutar con esta compra— me confiesa Bea mientras me guiña un ojo.

—La última vez que me di un capricho aún estaba con Rober, así que es hora de renovar armario en todos los sentidos.

Un par de horas después salimos bien surtidas de la tienda con un poco de todo, tanto conjuntos cómodos, como atrevidos. Bea al final se ha cogido un corpiño de encaje negro que va a dejar patidifuso a su amorcito, el duro en cuanto se lo vea puesto.

—¿Y ahora, qué toca?—me pregunta.

—Ahora le toca el turno a la ropa. Veamos que podemos encontrar por aquí.

Al llegar a casa ya es de noche, pero la tarde no podría haber ido mejor. Nerón al verme aparecer me mira intentado reconocerme o eso me parece, a veces la inteligencia animal me abruma. Después de pasearle, me dispongo a colocar todo mi nuevo vestuario, al final he acabado con cinco pares de vaqueros que según Bea me hacen un culo de infarto, cinco faldas, dos minis y tres de tubo, y no sé el número de blusas y jerséis que tengo encima de la cama, de todos los colores y telas. En un arranque de locura también he comprado cuatro pares de zapatos de tacón, que van a ser un infierno para mis pies pero me hacen unas piernas de infarto.

***

El viernes me siento una nueva persona, me niego a seguir siendo una sombra de lo que fui solo por el simple hecho de que un hombre me destrozara el corazón, hombre que ahora me acosa, pues bien pequeño vas a darte cuenta de lo que te has perdido.

Me pego una ducha rápida porque se me ha ido el santo al cielo eligiendo el modelito. Hoy voy completamente de estreno, lencería de encaje negro, falda de tubo gris, camisa de seda negra y mis impresionantes tacones negros.

Al llegar al trabajo el chico de seguridad no me reconoce y me pide la credencial, cuando cae en la cuenta de quién soy me dice que estoy impresionante y me deja pasar con un coqueto guiño. ¡Vaya!, me siento poderosa y definitivamente esto es algo que voy a utilizar en mi favor.

Al llegar a mi sitio sé que Jason no está pendiente de mí aunque lo que sí me espera es mi rosa negra de todas las mañanas con su acostumbrado mensaje de «Lo siento.» acompañándola. No me ha dado tiempo ni a encender el ordenador cuando aparece un repartidor con un impresionante ramo de rosas negras, e inmediatamente sé de quién son y a quién van dirigidas. En ese momento es cuando sí noto su presencia, como su mirada me abrasa, le miro, y hoy no veo ira o celos, si no satisfacción, le gusta quedar por encima, llamar mi atención. Recibo el ramo y le firmo la entrega al chico, la verdad es que son impresionantes le han tenido que costar una pequeña fortuna, cojo la nota, para ver qué es lo que tiene que decirme tras casi dos meses ignorándome.

«Verte cada día recibir un regalo de otro hombre está matándome de celos. Te echo de menos, princesa. No puedo seguir alejado de ti, cena conmigo esta noche.»

Con amor, **Jason**

Y no entiendo como con esas simples palabras tiene a mi corazón en una carrera por salir de mi pecho. Casi al mismo tiempo de terminar de leer la nota me llega un mensaje al móvil.

«Estás preciosa con ese nuevo look, si antes me volvías loco ahora me tienes literalmente a tus pies. Por favor cena conmigo, dame la oportunidad de explicarte por qué he estado tan distante.»

«¿No crees que ya es tarde para explicaciones, Jason? Llevas
ignorándome casi dos semanas.»

«¿No era eso lo que querías?, es lo que diste a entender cuando te
fuiste de mi casa sin despedirte siquiera.»

«Touché. Está bien cenaré contigo esta noche, pero espero que tengas
una buena excusa que darme por tu mutismo, aunque yo misma con mis
actos te impusiera a ello.»

Después de colocar mi impresionante ramo a un lado, teniendo
especial cuidado para que no se estropee, dejo el móvil y me pongo a
trabajar.

Al salir del trabajo me dirijo a casa para prepararme para la cena,
parezco una adolescente en su primera cita. Aunque ya me haya
acostado con él esta es la primera vez que salimos formalmente y quiero
verme guapa, y darle en los morros con lo que se ha estado perdiendo.

Me pongo un vestido de tirante fino de gasa azul zafiro que me
encanta y que no tengo la ocasión de ponérmelo muy a menudo, es
sencillo adornado con un cinturón plateado debajo del pecho que me da
el juego perfecto para ponerme los zapatos del mismo color. En pelo
me echo un poco de espuma para darle un toque juvenil como me
recomendó la peluquera, y en cuanto al maquillaje como no me gusta
maquillarme demasiado solo resalto mis ojos con delineador negro y me

pongo un ligero brillo en los labios. Una vez lista me miro al espejo de cuerpo entero y me encanto, me veo sensual y atrevida, Miro el reloj para saber la hora, ya no tiene que tardar en llegar, en ese momento me sorprendo al recibir un mensaje, seguro que será de la loca de Bea deseándome suerte para esta noche, pero nada más lejos de la realidad… es de Jason.

« Lo siento, princesa, pero me ha surgido algo y no puedo ir a buscarte. ¿Lo dejamos para otro momento? No te enfades, prometo que te lo compensaré.»

¿En serio? Encima tiene la cara dura de pedirme que no me enfade, ni siquiera le contesto al mensaje, él verá. Ya que tengo el móvil en las manos y estoy vestida para salir le escribo a Bea.

«¿Cena y copas? Yo invito.»

«¿Y Jason, qué ha pasado?»

«Me ha dejado plantada.»

«Menudo gilipollas, ¿dónde nos vemos?»

«Voy arreglada, ¿qué te parece italiano?»

«¡Perfecto!, dame media hora y sal para allá.»

Cuando llego a nuestro italiano favorito no me sorprende que todavía no haya llegado, la habré pillado en la cama con Eric. De solo pensarlo me siento mal, seguro que tenía planes para hoy pero no ha querido dejarme sola. A los cinco minutos aparece y cómo aparece… Solo ella puede estar impresionante con un simple vestido liso, eso sí, se ajusta a su cuerpo como una segunda piel.

—¡Guau!, ¿ y Eric te ha dejado salir así?

—Lo suyo le ha costado pero el mayor placer lo consigues cuando el premio se te resiste, además él tiene que ir al club esta noche.

Bea pide comida como para alimentar a un pueblo entero, no sé dónde la meterá y como sabe que hoy pago yo se aprovecha de la situación.

—No me mires así, estoy sustituyendo sexo por comida. Cuéntame lo que te ha dicho el señor J.

—Nada, simplemente que le ha surgido algo.

—Pues te aseguro que si te viera por un agujerito se tiraría de los pelos, porque nena estás despampanante.

La cena pasa amena entre risas y confesiones, estar con Bea es como un bálsamo, ya hasta se me ha olvidado que me han dejado plantada o eso creía yo… Porque lo último que me esperaba al salir del restaurante era encontrarme al impresentable de Jason, aunque ese calificativo se le ha quedado corto, besándose con una impresionante morena en el restaurante de enfrente. Me quedo paralizada, creo que mi cerebro no es capaz de procesar lo que está viendo, me siento dolida, pero sobre todo engañada, tengo un millón de sentimientos bullendo en mi interior y ninguno de ellos bueno, intento concentrarme en la ira, para no hundirme otra vez en un pozo sin fondo.

—¡Yo lo mato!— grita Bea.

Sujeto a mi amiga porque es capaz de cumplir su amenaza

—No merece la pena, prefiero enterarme ahora y no cuando la relación fuese más seria, ahora sé qué clase de hombre es. No te preocupes por mí, ve con Eric, necesito estar sola.

Bea me mira y sé que está a punto de negarse a dejarme sola, pero no sé qué es lo que ve en mis ojos que sorprendentemente accede.

—Llámame si necesitas algo, ¿vale? Sea la hora que sea.

—No te preocupes que si te necesito sé que estarás ahí.

Me doy la vuelta dejando a mi amiga y a la parejita enamorada a mi espalda, obligándome a ser fuerte, a no derramar ni una sola lágrima, y lo habría conseguido de no ser porque cuando llego a mi apartamento encuentro a Rober esperándome. Sin poder evitarlo, me vienen a la mente todos nuestros buenos momentos, y todo ese amor que se supone que nos procesábamos, y sin pensármelo dos veces me echo a sus brazos llorando, sacando a través de mis lágrimas todo el dolor que tengo dentro.

—Shh. Tranquila, mi vida. Yo cuidare de ti, solo déjame que lo haga.

Y no sé si es por sus palabras, por la insistencia que ha tenido últimamente en que lo perdone o simplemente por despecho hacia lo que pudo ser con Jason y no fue, pero le beso, al principio se sorprende, pero su cuerpo reacciona a mí enseguida, me ayuda a abrir la puerta y con una ternura infinita me lleva a la habitación, me desnuda con cuidado y me tumba junto a mí sobre la cama.

—¡Dios, estás preciosa!, si es posible más de lo que recordaba.

❧T. F. Rubio❧

Y yo como necesito sentirme deseada, me dejo llevar por su pasión sin pararme a pensar que puede que esté cometiendo un error.

❧ Jason ❧

Y otra vez por culpa de los caprichos de mi madre, tengo que pasar de mi princesa, esta vez mi querida madre me la ha liado pero bien. Estaba a punto de salir de casa para buscar a Carol cuando ha aparecido en mi puerta mi madre en compañía de mi flamante exprometida, Rachel. El único pensamiento razonable que me atraviesa es que esto no me puede estar pasando a mí. Soy informado con toda la cortesía que posee mi señora madre de que tenemos reserva en un restaurante francés y con su fría mirada me manda un mensaje silencioso para que no se me ocurra ni rechistar, como si siguiera siendo un niño pequeño, en ocasiones, más a menudo de lo que me gustaría así lo siento.

Aguantar la banal cháchara de estas dos me está dando un dolor de cabeza de campeonato. Yo tendría que estar ahora mismo entre los brazos de mi chica y no aquí aguantando los chismorreos de quién se ha casado con quién, cuánto dinero gana tal o cuánto ha perdido cuál y cosas sin sentido de las cuales escapé cuando me fui de Londres.

Al salir del restaurante mi madre se excusa diciendo que necesita ir al baño antes de irnos, y Rachel aprovecha ese momento para acercarse a mí.

—Te he echado de menos— me susurra con lo que supongo que es su tono más sugerente.

Estoy a punto de contestar que yo no, ni siquiera un poco, cuando siento que me besa, y no sé si es por costumbre, o porque simplemente soy un hombre, que correspondo a su beso.

≈Capítulo 7≈

Una segunda oportunidad

Me despiertan unas sutiles caricias en mi espalda. Al principio estoy algo desorientada pero pronto la realidad me golpea con la fuerza de un tsunami. ¡Mierda!, ¿qué he hecho?, a ver como salgo yo ahora de esta situación. Lo cierto es que se ha portado como todo un príncipe de cuento, me ha tratado con toda la delicadeza del mundo, en todo momento demostrando cuanto me quiere y se preocupa por mí, y no sé qué pensar. ¡Uff… estoy hecha un lío!, después de todo lo que me hizo no se merecería ni que le dirigiera la palabra pero anoche me pillo con la guardia baja.

—¡Buenos días, mi amor!

¿Y qué le contesto yo ahora? Este tío seguro que piensa que volvemos a estar juntos solo por habernos acostado. Nota mental: nunca es buena idea acostarse con un ex, siempre da pie a malentendidos. Un pequeño lloriqueo que proviene del salón me da la excusa perfecta para salir de la cama sin dar muchas explicaciones.

—¿A dónde vas?— me pregunta cogiéndome de la cintura y arrastrándome con él encima de vuelta a la cama.

—¿No estás escuchando a Nerón?, el pobrecito mío necesita salir a la calle.

—¿Nerón?, ¿quién es Nerón?

No me da tiempo a responderle cuando una pequeña bola peluda salta sobre nosotros y comienza a chuperretearme toda la cara.

—Tengo que darle su paseo matutino, además así aprovecho para salir a correr un poco. Date una ducha si quieres, no sé cuánto voy a tardar, ya hablaremos.

—Te acompaño.

—No hace falta. Además Nerón no se fía de nadie que no sea yo y prefiero que se acostumbre poco a poco.

Me visto y le dejo murmurando vete tú a saber qué, Rober nunca fue muy amigo de los animales. Cojo la pelota favorita del peludito y nos vamos al parque más cercano. Espero que cuando regresemos nuestro querido invitado se haya ido, no me apetece estar con él bajo el mismo techo. Estoy echa un lío, no creo que hiciera bien anoche, me pilló débil con las emociones a flor de piel, y estaba tan acostumbrada a que fuera Rober el que me consolara, y cuidara de mí que estar con él me pareció lo más sensato. Tanto anoche como ahora tengo un sentimiento de suciedad en todo el cuerpo, siento que habiendo estado con Rober he engañando a Jason, lo cual no tiene nada de sentido, porque además de que no hay absolutamente nada entre nosotros, ayer me quedó clarísimo que me dejó plantada por otra.

Han pasado un par de horas, me imagino que suficientes para que cuando lleguemos estemos solos. Cuando llegamos al portal al que no pensaba encontrarme era a Jason esperándome. Según le miro noto como mi cuerpo empieza a ceder ante él, como todo él tira de mí con una cuerda invisible pero mi mente reacciona enseguida recordándome que anoche estaba en los brazos de otra y la ira se apodera de mí. Me acerco a él y le planto un bofetón con toda la fuerza que tengo. Jason me mira asombrado, acariciándose el lugar donde le he golpeado y que ya empieza a ponerse colorado, no sé qué ha visto en mis ojos que se calla y pasando olímpicamente de mí se arrodilla a la altura del perro y comienza a acariciarlo. Lo más sorprendente de todo esto es la reacción del animal, al contrario de como suele reaccionar con el mundo en general, Nerón se tira panza arriba, recibiendo las caricias de Jason con toda la confianza del mundo.

—Buen chico, ¿te gustan las caricias, verdad, pequeñajo? Vas a tener que ayudarme con tu dueña, porque no sé qué le habré hecho pero está muy enfadada, aunque creo que entre tú y yo podremos ablandarle el corazón, ¿qué te parece, bichejo, me ayudas? —le susurra a Nerón mientras fija su mirada en mí.

Y como si le entendiera le contesta con un ladrido, yo me quedo atónita. Reconozco que este gesto de Jason me ha ablandado el corazón, toda la ira que sentía se ha esfumado, y ahora debo parecer una tonta enamorada. ¿Perdona, acabo de pensar que estoy enamorada?, creo que me estoy mareando.

—¡Hey, princesa!— me agarra de la cintura acercándome a él— ¿Te encuentras bien?, te has puesto muy pálida.

Y sin más al estar en sus brazos me recupero enseguida. Me siento bien, protegida, como si nada pudiera hacerme daño por el simple hecho de que él me tiene abrazada. Nuestras miradas se encuentran, y el mundo deja de girar, solo estamos él y yo, nada más importa.

—¡Nena!, ¿te encuentras bien? ¿Qué ha pasado?

Y así, de un plumazo, nuestra pequeña burbuja explota. Rober empieza a tocarme por todas partes comprobando que no tengo ningún rasguño.

—¡Vale ya, Rober! Estoy bien, solo ha sido un mareo.

Noto a Jason tenso a mi lado y con la siguiente frase de Rober noto como la mano que está en mi cintura me sujeta con fuerza.

—Como tardabas en venir, he ido a esa pastelería que te gusta tanto a comprar el desayuno. Perdona mi descortesía, mi nombre es Roberto, gracias por ayudar a mi novia.

Cuando me recupero del *shock* de saber que tengo novio, nótese la ironía, me dispongo a explicarle a Jason que no es cierto, que no somos pareja, pero no me da opción. Susurrando que ha sido un placer, se gira y se va con paso furioso. No puedo dejar de mirarle, todo parecía que estaba bien, que podríamos hablar como personas civilizadas, pero parece ser que Jason y yo estamos destinados a entendernos solo en la cama, fuera de ella somos incompatibles. Dejo de mirar por donde ha desaparecido cuando oigo un pequeño lloriqueo a mis pies, Nerón sigue en la misma posición panza arriba esperando más caricias.

—Nena, ¿subimos?, que se nos enfría el desayuno.

—Mira Rober, lo de anoche estuvo muy bien de verdad, pero de ahí a tener una relación hay un mundo de distancia.

—No, no, nena, Carol, — me medio suplica— no me hagas esto. Estamos bien juntos, nadie te entiende como yo, y me dijiste que permitirías que cuidara de ti ¿Cómo podría hacerlo si no estoy a tu lado? Venga cariño, danos otra oportunidad, podemos cumplir todos los planes que teníamos antes de que cometiera el mayor error de mi vida, por favor, intentémoslo de nuevo.

Intento no creer en sus palabras, pero recuerdo todos los momentos vividos… La primera vez que le vi, siendo solo una niña ya me pareció el chico más guapo del mundo, fuimos creciendo juntos, primero como amigos, luego novios y finalmente amantes. Recuerdo su forma de protegerme, su manera de cuidarme para que nada malo me pasara, como estuvo a mi lado en todos mis malos momentos, y solo

71

puedo pensar en que todo ser humano se equivoca, y dicen que
rectificar es de sabios, ¿no?

—Subamos.

No lo digo demasiado convencida y creo que lo nota, pero su
expresión cambia a una de determinación que no le había visto nunca, y
es como si su nueva misión en el mundo fuera que lo nuestro
funcionara.

***

Ya han pasado tres semanas desde mi reconciliación con Rober y las
cosas parecen funcionar. Le he pedido que fuéramos despacio y lo está
respetando, no nos hemos vuelto a acostar desde aquel día, intentamos
vernos todos los días, hablar, recuperar algo de la confianza perdida y
rescatar aquella relación que teníamos al principio que ambos creíamos
perfecta.

Por otro lado la tensión con Jason se me está haciendo insoportable.
Sabe que he vuelto con mi ex y su mirada es tan transparente, que me
muestra crudamente tanto odio como anhelo y eso me está matando.
Contrario a todo lo que creía y a esa pequeña revelación del fatídico día,
Jason me atrae como un imán, mi corazón tiene claro que le quiere y no
sé si será amor, ya que apenas lo conozco, pero le echo de menos. Sin
darme cuenta, él con su presencia, esas miradas a escondidas, esas
sonrisas de promesas por cumplir, con cada pequeño gesto que me
dedicaba recomponía mi corazón poco a poco y ahora lo extraño. Cada
vez que intento acercarme a él para explicárselo huye, solo me habla
cuando es estrictamente necesario por temas laborales y mis nervios no

pueden más con esto, pero aun así no puedo hacer nada, solo esperar a que con el tiempo Jason sea capaz de mirarme sin rencor.

Esta noche hemos quedado para una cena de parejas, Bea/Eric y Rober/una servidora, no sé yo si esto es buena idea, teniendo en cuenta el odio que Bea le tiene a Rober no sé qué puede salir de esta noche. Todavía recuerdo cuando le comenté que le había perdonado.

—*Bea, cariño, tengo algo que contarte.*

—*¡Qué habrás liado ya...!, ¿Jason te ha vuelto a pervertir en algún sitio indecente?*

—*No tienes idea de lo equivocada que estás.*

Paso a relatarle que aquella noche después de dejarla, Rober estaba esperándome en casa, y en un momento de debilidad caí a sus brazos, también le cuento el encontronazo con Jason a la mañana siguiente y como decidí darle otra oportunidad a Rober. Espero su reacción, pero creo que la he matado del «shock». Cuando me mira lo hace como si no me reconociera, como si estuviera hablando con una extraña.

—*Déjame un segundo a ver si lo he entendido bien. Ves a Jason besando a una extraña, te acuestas con Rober, Jason va a explicarte lo que fuera que tuviera que explicarte y pasas olímpicamente de su culo por perdonar a un gilipollas que lo único que quiere es seguir mangoneándote a su antojo... ¡Pero tú, tú... eres idiota! Mira me voy antes de soltar más perlas por esta boquita que dios me ha dado de las cuales puede que me arrepienta porque te quiero, pero escúchame alto y claro, Carol, la estás cagando pero bien, dicho queda.*

Y sin más se da la vuelta y se va, dejándome con la sensación de que tiene razón y estoy cometiendo el mayor error de mi vida.

73

Desde aquel día Bea ha hecho voto de silencio, y he visto muestras de cariño y comprensión hacia Jason pero conmigo no ha querido volver a hablar hasta hoy, que me ha mandado un mensaje pidiéndome que quedásemos a cenar con nuestros respectivos para fumar la pipa de la paz. Y estoy aterrada, porque Bea odia a Rober, nunca le cayó especialmente bien y el tiempo terminó dándole la razón, así que puede que esta noche arda Troya.

Cuando suena el timbre ya estoy preparada, con un sencillo vestido morado de tirantes hasta medio muslo y unas sandalias de cuña a juego, la melena me ha crecido un poquito pero todavía es fácil domarla, no sé si dejarla crecer de nuevo o seguir con este corte juvenil. Rober quiere que me lo deje largo, dice que echa de menos mis rizos, así que ya veré que hacer. Cuando bajo Rober me está esperando.

—Estás preciosa nena— dice y me da un liguero beso en los labios.

Según nos vamos acercando al restaurante mis nervios aumentan, intento hacer inhalaciones y exhalaciones para relajarme y creo que lo estoy consiguiendo, hasta que entramos en el restaurante y los veo. Eric me mira con decepción, y Bea, madre mía si las miradas matasen Rober habría caído fulminado en ese mismo momento. Después de las presentaciones pertinentes nos sentamos. Esto no va a salir bien, la tensión se podría cortar con un cuchillo. Cuando terminamos de pedir intentamos mantener una conversación amena, hablando de banalidades, pero yo estoy tiesa como un palo, tengo la sensación de que al más mínimo comentario esto se va a ir al garete.

—Bueno, princesa, —me llama Eric con doble intención— tengo algo que proponerte.

—Tú dirás— le respondo con desconfianza.

—Pues resulta que el local y el grupo están teniendo una acogida espectacular y queremos tener más publicidad, bueno mejor dicho, alguien que nos haga la publicidad, pero que sea buena, por lo que te quería ofrecer un puesto de trabajo, como nuestra publicista.

Vaya, esto sí que no me lo esperaba. ¿Será esto cosa de Jason, que quiere quitarme de en medio y le ha pedido a su mejor amigo que me ofrezca un puesto tan bueno que no pueda rechazarlo?

—¿Por qué yo?, Bea también está cualificada para ese trabajo y es tu novia, tendría que tener prioridad.

—Buena pregunta pero Bea no es buena para este puesto, en vez de trabajar estaríamos todo el día follando por todos los rincones, y eso, princesa, no es buena publicidad para el negocio.

Cada vez que me llama princesa, mi cuerpo tiembla imaginando que es otra voz la que me lo dice. Céntrate, Carol, no es mala idea lo que te están proponiendo, y te alejarías de Jason, por tu bien y por el suyo.

—Déjame que me lo piense y en esta semana te doy una respuesta.

—No lo pienses mucho que te necesito de verdad.

Después de eso la cena transcurre todo la tranquila que cabe esperar, es sorprendente que Bea no haya lanzado ni una pullita, ha estado callada dejando que el don de gentes de Eric llevara la conversación a temas más triviales. Aún la temo, porque estoy segura de que no va a dejar pasar la oportunidad de fastidiar, y tengo razón. El momento llega justo cuando nos estamos despidiendo en la puerta para tomar caminos diferentes.

—Carol, me ha comentado Jason que te echa de menos y que a ver si podéis quedar un día.

¡Y aquí lo tenemos, señores! Noto como Rober me mira interrogante, preguntándome en silencio quién es Jason, pero en un momento dado su cerebro hace clic y pregunta.

—¿Jason, ese hombre que te ayudó hace aproximadamente un mes cuando te mareaste?

—¡Anda que casualidad!, no sabía que lo conocías Rober, resulta que son muy íntimos amigos y Jason no quiere perder el contacto.

La forma en que lo ha dicho poniendo énfasis en las palabras adecuadas no da margen a error, y sé que Rober también lo ha entendido por la fuerza con la que me está agarrando la mano.

—Dale recuerdos de mi parte, y ha sido todo un placer poder cenar con vosotros, chicos, ya nos veremos.

Cuando abrazo a Bea para despedirme le susurro un *gracias* todo lo irónico que puedo al oído, porque la tía si no lo dice revienta. Eric por el contrario parece preocupado por la ira que desprende Rober.

—No te preocupes— intento darle a entender el doble mensaje enfatizando mis palabras— esta semana te daré una contestación.

Le veo dudar pero finalmente claudica y me suelta.

—Está bien. Cuídate, princesa.

Cuando nos montamos en el coche estalla la tercera guerra mundial.

—¿Te acostaste con ese tío?

—Mira, Rober, te recuerdo que me dejaste por tu secretaria por lo que no tienes derecho a pedir ningún tipo de explicación de lo que hice o no hice durante el tiempo que no estuvimos juntos.

Veo que le sorprende mi respuesta, en otras ocasiones siempre le contestaba sumisamente sin replicar y accediendo a todos sus deseos. Por primera vez me doy cuenta de que esa Carol, que solo pretendía ser perfecta para él, murió el día en que me rompió el corazón en mil pedazos.

—Tienes razón, nena, pero el solo hecho de imaginarte en brazos de otro hombre hace que hierva de rabia. Eres mía, y no tengo intención de que eso cambie ahora que te he recuperado.

—Llévame a casa por favor, estoy cansada y no quiero seguir discutiendo.

Increíble pero accede a dejarme en mi apartamento, cuando llegamos me despido de él sin darle ni siquiera un beso, no me apetece, y hay que darle un punto a su favor, ya que no me presiona. Cuando entro en casa lo primero que hago es descalzarme, tendría que enviarle un mensaje a Bea para que no se preocupasen, más por Eric que por ella que es la que me ha metido en este embrollo, y estoy a punto de coger el móvil cuando llaman a la puerta a golpes. En un principio me asusto pero enseguida me siento atraída a abrirla, descubro por qué en cuanto la abro. Ahí está el objeto de toda fantasía femenina, sobre todo de la mía, completamente despeinado, y con los ojos inundados de preocupación, noto como me observa con detenimiento, cuando se da cuenta de que estoy bien suspira sonoramente.

—Princesa— susurra— dime que estás bien.

—Creo que a la vista está. — Eso ha sonado muy cortante así que suavizando mi voz le digo— No te preocupes Jason, estoy perfectamente, ¿qué haces aquí?

—Por favor, dime que no se ha atrevido a tocarte.

—Creo que eso no te incumbe.

—¡Mierda, Carolina, no en ese sentido, joder! Dime que no te ha puesto la mano encima, que no te ha hecho ningún daño.

−¿Qué? ¡No, no, por supuesto que no! ¿Pero de dónde te has sacado tú semejante gilipollez? – Entonces es cuando caigo en la cuenta de la preocupación de Eric y sé sin dudar que lo primero que hizo después de que nos fuéramos es avisar a Jason de lo sucedido– Mira, no tendría que explicarte nada, pero para tu tranquilidad te diré que Rober sería incapaz de hacerme daño físico, así que te puedes ir tranquilo.

Sin esperármelo me veo envuelta entre sus brazos, no me opongo, todo lo contrario, es reconfortante, entre sus brazos me siento segura, invencible, como si todo lo demás no tuviera importancia alguna mientras pueda cobijarme en ellos. Nos separamos lo justo para poder mirarnos, y en cuanto nuestros ojos se encuentran vuelve esa conexión, esa especie de hechizo que nos impide estar separados. Como si fuéramos imanes nos vamos acercando, sé que me va a besar, y debería de impedírselo, pero lo echo de menos, y todo mi cuerpo está suplicante por una sola de sus caricias. Nuestras respiraciones se aceleran, cuando nuestros labios están rozándose, Jason cierra los ojos y susurra.

−Lo siento. No puedo, princesa, ahora perteneces a otro.

Y sin más se da la vuelta y se va, dejándome completamente desesperada por sus caricias. Durante un par de minutos me quedo en la puerta esperando no sé muy bien qué, hasta que caigo en la cuenta de que esta noche los dos me han tratado más como un objeto que como una persona. Cierro de un portazo y me voy a la cama, quiero terminar este día cuanto antes.

❧Capítulo 8❧

Carpetazo al pasado

La semana pasa sin darme cuenta. Tengo tanto trabajo que no tengo tiempo pasa pensar en nada ni en nadie, y cuando salgo solo me dedico a mi pequeño peludito. No he visto a Rober en toda la semana, y casi lo agradezco, no he tenido la misma suerte con cierta mirada azulada que me persigue por toda la oficina. Parece que las cosas se han calmado, ya no muestra tanta ira, ahora solo me observa con anhelo, pero no puede ser, cada día intento convencerme de que lo nuestro no funcionaría y que estando con Rober estoy en terreno seguro y fácil. No sé, últimamente no me aguanto ni yo misma, todavía no he tomado una decisión con el cambio de trabajo, y creo que la principal razón que me lo impide es que si no le viera diariamente le echaría demasiado de menos.

Vaya día llevo, menos mal que es viernes y que por fin podré descansar, llevamos toda la semana con problemas con un nuevo cliente, me acerco al despacho de Rebeca, mi jefa, para comentarle unas cláusulas que el cliente quiere añadir a su contrato. Y al entrar... ¡Sorpresa!, lo que menos me esperaba, encontrar a Jason allí, bueno ocupa un puesto importante en la empresa por lo que no es raro que pueda estar ahí, pero no en la actitud que los encuentro. Rebeca tiene las manos metidas dentro de la camisa a medio abrochar de Jason y le está susurrando vete tú a saber qué cosas al oído, he de decir a mi favor que he llamado a la puerta, pero deben de estar tan ensimismados que

79

todavía no se han enterado de mi presencia. En ese momento tomo mi decisión, me asombra darme cuenta de que me duele verle con otra, suena egoísta ya que yo no estoy disponible, pero verle en esa actitud con una mujer que no soy yo despierta en mí a una leona que solo quiere marcar territorio. Carraspeo para que me noten, Jason me mira asombrado, pero la arpía de mi jefa no tiene la más mínima intención de apartarse de él.

—Señorita Sánchez, ¿a qué debo el placer de su visita? Cómo ve estoy ocupada, así que espero que sea importante.

Tardo unos segundos en recuperarme de esa respuesta.

—Es la nueva cuenta, el cliente exige una revisión del contrato y le urge hablar con el responsable de la empresa, aquí tiene los datos.

Le acerco el papel y me voy como alma que lleva el diablo hacia mi mesa. Lo primero que hago es coger el móvil y decirle a Eric que acepto su oferta, que necesito el trabajo. Ahora más que nunca estoy convencida de que me vendrá bien cambiar de aires.

Tras ponerme de acuerdo con recursos humanos, hoy será mi último día, ya que todavía no me he cogido vacaciones, me dan mis veinte días de descanso antes de rescindir el contrato. No se lo comunico a nadie, nunca me han gustado las despedidas, así que prefiero que les pille de sorpresa a todos cuando ya me haya ido.

Bea se acerca a mi mesa como un ciclón, me imagino que ya habrá hablado con su amorcito y está al corriente de todo.

—¿Es cierto lo que me acaban de decir?

—Sí. Creo que un cambio es lo que necesito.

—Por mi perfecto, por lo menos sé que contigo mi hombre está a salvo de las lagartonas que quieren meterse en su cama. Por cierto, tengo noticias de Cris, ya no está tan enfadada. Bueno, mejor dicho, las

hormonas no la vuelven tan majara, y la razón principal de ello es…
Tachán, tachán… No lo adivinas, ¿verdad?

—Deja de darle vueltas y suéltalo ya, anda.

—Vaya humor, princesa. ¿Qué pasa que el estirado te tiene de
sequía?– me suelta con todo su arte puñetero –Venga, ya en serio, pues
resulta que Cris y Alex están juntos, ¿qué, cómo te quedas?

Vaya eso sí que es una buena noticia, aunque no quiera saber nada
de mí, me alegro de que le vayan bien las cosas. Creo que debería
llamarla para aclararlo todo. En realidad no fue culpa mía que Alex se
enamorara de mí aunque ella así lo pensara. Es mi amiga y la necesito a
mi lado, es una parte fundamental de mi vida, y me gustaría vivir a su
lado el embarazo.

—Bueno… Esta noche habrá que salir a celebrar ese nuevo trabajo,
¿no?

Bea y su bocaza, al final por mi *radiopatio* particular se enteran unos
cuantos de que me voy y se apuntan a las copas de después para
celebrarlo.

Hemos quedado en un restaurante nuevo que han abierto en el
centro. Me apetece ponerme guapa, quiero reflejar con mi aspecto el
cambio que voy a comenzar. Comienzo a elegir el modelito con una
sonrisa, como estamos a principios de diciembre hace frío, por lo que
me pongo un vestido de lana blanca, unas medias tupidas color carne y
unos botines preciosos con detalles en pelo, parece que tengo unos
peluches en los pies, y aun así el conjunto queda perfecto. Cuando me
veo en el espejo parezco una niña buena, así que me intento hacer una
tiara de pelo trenzado, ¡ja! Ahora sí que sí, todo un angelito.

He avisado a Rober de mis planes, más por cortesía que por ganas de verle, y me ha venido de perlas que se excusara diciendo que tenía mucho trabajo. Cuando Bea me ve entrar me mira sonriendo, no sé qué estará pensando pero sospecho que no tardaré mucho en averiguarlo.

—¡Guau!, si pareces buena, toda una princesa de cuento.

—¿Vas a parar alguna vez? Ya sé lo que piensas, y puede que tengas razón pero por favor déjalo ya… Lo único que te pido es que si me llego a estrellar otra vez estés ahí para sujetarme.— Le digo cansada de escuchar el apelativo en sus bocas—De momento vamos a divertirnos.

Es un lugar muy tranquilo, más que un restaurante es un sitio de tapeo, pero eso no impide que nos lo pasemos bien. Entre compañeros de trabajo y amigos que han venido con ellos la noche avanza entre risas y buen ambiente. Cuando decidimos seguir con la fiesta en el *pub* de siempre yo ya voy algo achispada de tanto cerveceo, pero no importa el alcohol de mi cuerpo hace que me olvide de todo. Al entrar al *pub* Bea ya me espera con un chupito en la mano.

—Por los buenos comienzos, ¡Salud!

¡Dios!, ¿qué me ha dado esta chica? No creo que mi pobre garganta sobreviva a esta noche. Me siento eufórica, mi noche consiste en beber y bailar. Me acerco a la barra para recargar el vaso y veo que Eric está con Bea.

—¡Aquí está mi fichaje estrella!

—¡Menudo fichaje! Vestir vestirá como una princesa, pero la tía bebe como un pirata.

De pronto la veo desternillándose por los suelos, llorando a carcajada limpia.

—Cielo, cuéntanos el chiste y nos reímos todo—le dice Eric.

—¡Ya tengo el título de tu cuento de hadas!— Casi no puede ni hablar, pero entre carcajada y carcajada lo intenta— Señoras y señores, os presento a nuestra *Cenicienta Sparrow*.

Proceso sus palabras y me fijo en que todo el mundo se está riendo, por dios esta chica es única, de tanto reírme me empiezan a doler hasta los parpados por lo que decido salir a tomar un poco el aire. Ya en el exterior me recuesto sobre la pared del local, y me permito soñar con un mundo donde todos mis anhelos se hacen realidad, los míos van presididos por unos ojos azules. Solo con imaginarlo puedo sentirle a mi lado, como si realmente estuviera conmigo, noto como mi piel se eriza bajo su contacto, su respiración en mi cuello, como me da un dulce beso antes de subir a mis labios y besarlos con delicadeza, como si temiera que me fuera a romper. No quiero abrir mis ojos y darme cuenta de que todo es producto de mi imaginación, de que las caricias que me esperan no son las que mi cuerpo desea recibir. Abro los ojos decidida a volver al mundo real, pero con la sensación de que no han sido solo recuerdos, mi mente alcoholizada me juega una mala pasada. A mí alrededor hay un sutil aroma del perfume de Jason, y en mis labios todavía perdura el leve cosquilleo de un beso, ¿realmente ha estado aquí? ¿Qué estoy haciendo? Llevo escasas horas sin verle y ya le echo de menos, tengo que autoconvencerme de que no podemos estar juntos no somos compatibles. Paso de nuevo dentro del *pub* a decirle a Bea que me voy a casa, mi subconsciente me ha chafado la noche, insiste en acompañarme pero como no quiero fastidiarle la noche, al final consigo persuadirla para que se quede con Eric.

Al salir me apetece ir dando un paseo, no estoy a más de media hora de mi apartamento y me vendrá bien para aclarar mis ideas. Durante el camino tengo la sensación de ser observada, pero en vez de asustarme me siento protegida, cuando llego a casa no me molesto ni en desvestirme me lanzo a la cama y mañana será otro día.

Gruño al sentir un rayo de sol, voy a tener que poner cortinas con temporizador, y si eso no existe pues tendré que inventarlo. ¡Ay, mi cabeza! Me levanto, cierro las cortinas, me tomo un ibuprofeno y vuelvo a la cama. Lo siguiente que vuelvo a sentir es el repiqueteo de mi teléfono, gruñendo me levanto a cogerlo.

—¿Hola?

—Espero que sea importante seas quién seas.

—¿Te desperté, princesa?

—¡Mierda, Eric, no son horas de llamar por teléfono!

—Seguro, Carol, y no es por llevarte la contraria ni mucho menos pero son cerca de las seis de la tarde.

—¡¿Qué?!

—Cielo, no quiero molestar pero, ¿podrías venir a echarme un cable con la publicidad de los conciertos benéficos de navidad, por favor?

—Dame una hora.

—Sin prisas, princesa.

Cuando cuelgo me doy cuenta de que no me estaba tomando el pelo, he dormido como un bebe casi dieciséis horas. ¡Madre mía, hacia siglos que no dormía así de bien! Me preparo todo lo rápido que puedo, antes de salir disparada por la puerta cojo una manzana del frutero de la cocina para tener algo en el estómago, no me apetece tener a Eric esperando demasiado tiempo.

Cuando llego al local, este sigue cerrado, pero los camareros se están preparando ya para empezar con su jornada laboral. Veo a Eric a través del suelo, nunca dejará de sorprenderme este sitio, está reunido con el grupo, cuando me ve acercarme se levanta a abrazarme.

—Siento molestarte, sé que todavía no trabajas para mí pero me vendría de perlas una ayudita por aquí. Bea se ha ido a visitar a una amiga y no sabía a quién más acudir.

—No te preocupes, bombón. En breve este será mi trabajo y así me voy metiendo en la materia.

—En la mesa del despacho lo tienes todo, siéntete como en tu casa.

Me giro y me dirijo al despacho, antes de entrar oigo como uno de los guitarristas le dice a Eric.

—¡Tronco, está para follársela toda la noche sin parar! Creo que luego le tiraré ficha.

—Espero, por tu bien, que te guardes esos comentarios, sino quieres que Jason te corte lo que más utilizas y no me refiero a la cabeza.

—*Sorry* tío, no sabía que era la pibita de Jason.

—Avisado quedas— le contesta rotundo dando por zanjado el tema.

Alucinada es poco para la cara que tengo que tener, ¿cómo que la pibita de Jason? Cada vez entiendo menos esto pero si ¡estoy con Rober!

Me siento y empiezo a organizar todos los papeles, este chico es un desastre, no sé cómo se aclara entre tanto jaleo. Han debido de pasar horas, el alboroto fuera ya es considerable desde hace algún tiempo, mi vista me pide un descanso, así que le mando un mensaje a Eric pidiéndole algo de beber, a los cinco minutos escucho la puerta abrirse.

—Eres un desastre, precioso, pero te lo perdono si lo que me traes es una Coca-Cola fresquita, además te ganarás mi amor eterno— le digo sin levantar la mirada.

—¿Tengo que ponerme celoso?

Automáticamente levanto mi vista de los papeles que ojeo en ese momento, y ahí esta él, noto como mi cuerpo reacciona a su cercanía como siempre hace. ¡Esos ojos, madre mía, cómo había echado de menos esa mirada!, ya no hay rabia, ni dolor, ni siquiera anhelo, solo el más puro deseo y determinación. Le veo acercarse y tiemblo de anticipación, no dice nada, me deja la bebida en la mesa, cuando intento cogerla nuestras manos se rozan y ahí comienza el desastre, bueno según desde el punto de vista en que lo mires... El vaso cae al suelo cuando Jason me atrae hacia él y toma mis labios con auténtica desesperación, está marcándome a fuego como suya, y yo se lo permito. No sé por qué le necesito de esta manera, solo con sus caricias me siento viva, no hay nada más en mi mente que el deseo de entregarme a él, de pertenecerle como está exigiendo con su forma de besarme, solo cedo, le dejo hacer, me entrego por completo, porque aunque luche contra ello lo deseo. Me tumba sobre el escritorio y empieza a bajarme la cremallera de una bota, antes de desconectar del todo mi mente al placer de sus caricias caigo en la cuenta de dónde estamos.

—Jason, para— le mando con la poca voz que consigue salir de mi cuerpo.

—¿Por qué, princesa?—deja mi bota caer al suelo, y empieza a besarme el pie sobre las medias— la puerta tiene el cerrojo echado, Eric sabe que estoy aquí, así que no hay manera de que te vayas a escapar, amor.

Y con esas palabras vuelvo a caer en su hechizo y me dejo hacer. Siento sus dulces besos a través de las medias, está mandando descargas eléctricas por todo mi cuerpo, de pronto se detiene, le miro para saber qué ocurre. Tiene la mirada fija en un punto de mi muslo, cuando caigo en la cuenta de qué es suelto una risita. Sin planearlo me he puesto un conjunto de liguero de encaje negro que al parecer quita la respiración. Sus ojos se oscurecen aún más.

—¿Quieres matarme, princesa?

No sé cómo lo hace pero se controla. Coge mi otra pierna y hace el mismo recorrido, despacio, haciendo que mi cuerpo lo desee hasta límites insospechados. Con extremada lentitud desengancha las medias del liguero y según las quita va lamiendo la piel expuesta, primero una pierna después la otra, creo que voy a entrar en combustión.

—Jason, por favor…—suplico.

—Pídemelo—exige.

—Hazme tuya, rápido. No lo soporto más.

Me pega un mordisquito en mi monte de venus antes de deshacerse de mi culote, enarco una ceja interrogante.

—No podía romperlo, sería un gran desperdicio con lo sexi que estás con él.

Entrelaza nuestras manos, y mirándome fijamente se introduce en mi interior, despacio, queriendo saborear cada segundo.

—Te lo compensaré lo prometo, pero este va a ser rápido. Mi cuerpo te ha echado demasiado de menos.

—Hazlo.

Y sin más empieza un vaivén con sus caderas a un ritmo que nos permite alcanzar un orgasmo compartido, que nos deja saborear el cielo juntos. Jason cae sobre mí intentando recuperar el aliento, nuestras manos siguen unidas, cuando recupera el aliento me susurra.

—Princesa, no puedo dejar que vuelvas con él, llámame egoísta si quieres, pero te necesito a mi lado.

Le miro intentado descifrar algo en su mirada que me indique el camino a seguir, y ahí lo tengo. Sin necesidad de palabras sus ojos me están gritando que me quiere, me mira con tanta adoración, tanta ternura, me atrevería a decir que incluso con amor que ese músculo que yo creía muerto comienza a latir con fuerza, y sé sin dudarlo ni un segundo que es por él. Sin pensarlo demasiado tomo la decisión que todo mi ser me grita, y lo elijo a él.

—Vamos, tengo una relación que terminar.

Su rostro se ilumina con la mejor sonrisa que le he visto nunca, y solo por verle así merece la pena intentarlo.

Estamos delante del portal de Rober, estoy nerviosa, no estoy preparada para enfrentarme a él, y no sé si seré capaz de terminar con mi pasado. No sé cuál será su reacción, solo espero que lo entienda y me permita ser feliz. Jason no está muy convencido de dejarme subir sola, pero es algo que tengo que hacer por mí misma.

—Cariño, sabes que debo subir sola. Espérame aquí si te hace sentir más seguro. Dame media hora, si ves que no estoy aquí en ese tiempo tienes mi permiso para subir y echar la puerta abajo.

Dicho esto salgo del coche guiñándole un ojo. Delante de la puerta respiro hondo, no necesito llamar al timbre, tengo la copia de la llave que Rober me dio hace un par de semanas. Entro y encuentro todo a oscuras, pero oigo el sonido del agua de la ducha, por lo que me dirijo hacia allí para avisarle de que estoy aquí y que no se pegue el susto de su vida al verme. Llamo a la puerta del baño pero como no contesta abro pensando que le ha podido pasar algo. ¡Dios, no me puedo creer lo que estoy viendo!, normal que no me escuchara… Estaba demasiado ocupado con la eficiente de su secretaria, nótese el sarcasmo, de rodillas haciéndole un estudio en profundidad. He debido soltar un jadeo de la impresión porque Rober inmediatamente levanta la vista para encontrarme en la puerta del baño congelada intentando procesar la escena que estoy viendo. Él sale del *shock* antes que yo, empuja a la muchacha y se enrolla la cortina de la ducha en la cintura sacándola de sus enganches.

—No es lo que parece nena, escúchame.

Esas palabras me hacen reaccionar, ¿este qué se cree que soy tonta? Me doy la vuelta dispuesta a cerrar este capítulo de mi vida para siempre, Rober me alcanza antes de que salga del piso.

—Escúchame, por favor, esto tiene un explicación.

—No sé si te piensas que soy idiota, Rober, pero para mí todo está más claro que el agua.—suspiro y continuo —No me puedo creer que seas tan hipócrita, me vienes suplicando una segunda oportunidad para caer en lo mismo y no solo eso sino que con la misma persona. Te voy a ser sincera aunque no te lo merezcas, venía con la intención de terminar con lo nuestro porque no funciona, bueno a la vista está, solo espero no volver a verte en mi vida… adiós, Rober.

Y salgo de su casa dispuesta a empezar de nuevo con el hombre que me espera abajo. Estoy a punto de subirme al coche cuando alguien me gira bruscamente. ¡Qué rapidez!, aquí tengo a Rober con un vaquero sin abrochar como única indumentaria, jadeando por el esfuerzo, imagino que habrá bajado corriendo las escaleras para poder alcanzarme.

—No puedes dejarme— intenta que suene a suplica, y lo parecería si no fuera por los fuertes zarandeos que me ha dado al decírmelo.

—Suéltame. Me haces daño.

—Tienes medio segundo para soltarla, ella te lo ha pedido, yo no voy a ser tan amable.

Rober retrocede impactado al verme en compañía, le conozco, y sé que su cerebro intenta encontrar una explicación, cuando la encuentra su expresión se endurece, me mira con ira, jamás le había visto tan enfadado.

—No me puedo creer que seas tan puta, ¿vienes recriminándome algo que seguramente has estado haciendo tú? ¡Valiente zorra estás hecha!

Todo sucede muy rápido, veo la mano de Rober dirigiéndose hacia mí y cierro los ojos esperando el impacto, pero nunca llega. Al abrirlos la escena que me encuentro me horroriza, Jason está encima de Rober pegándole puñetazos sin descanso, y este intentado pararlos como puede. El llanto de una chica en el portal me saca de mi ensoñación e intento separarles, con poco éxito he de decir, cuando esa misma chica pega un grito de dolor tan fuerte que ambos paran para mirarla.

—Suéltame imbécil, está embarazada.

Me quedo lívida, después de oírlo. Va a ser padre, me mareo, intento apoyarme en el coche, pero termino de rodillas en la acera. Todo esto me supera, me ha vuelto a engañar, no lo entiendo, ¿qué se supone que iba a hacer conmigo, con nosotras?, ¿tenernos a las dos? Me siento herida, pero no porque le quiera o porque todavía esté enamorada de él, sino porque me duele el hecho de que no haya confiado en mí, de que intentara arreglar lo nuestro simplemente por el egoísmo de tenerme solo para él.

—Sácame de aquí, por favor— le suplico a Jason.

Me coge en brazos y me mete en el coche, una vez en marcha me recuesta sobre él, ofreciéndome con ese simple gesto todo el apoyo que necesito en este momento. Solo espero que Rober sea capaz de hacer feliz a esa chica, por su bien y por el del bebé que están esperando. Porque es en los malos momentos cuando te das cuenta del verdadero carácter de la gente, y Rober es como un niño caprichoso, al que le encanta manipular a su antojo, y que cuánto más tiene más quiere, no sabe conformarse con nada, aun así espero de todo corazón que por ese niño cambie e intente convertirse en un buen padre. Miro a Jason que está completamente concentrado en la conducción, le susurro un *gracias* y le beso en la mejilla. Me recuesto sobre él otra vez y cierro los ojos, con la tranquilidad de saber que este capítulo de mi vida ya está cerrado.

❧ Jason❦

Se ha dormido y parece una auténtica princesa. La cojo con cuidado y la llevo hasta mi dormitorio, lo único que le quito son las botas. ¡Dios!, está preciosa tumbada en mi cama. La deseo tanto… Intento colocarme cómo puedo la erección en el pantalón, una ducha fría no me vendría nada mal ahora mismo.

Tengo que centrarme en conseguir que olvide y hacerle ver que lo nuestro puede salir bien, que no estoy con ella solo para meterla en mi cama. Viéndola así tan tranquila, tan en paz, tengo claro que ella es lo que he estado buscando, esa pieza de mi propio puzle que no hallaba, y ahora, por fin, es mía.

De pronto tengo una idea y sonrío como un imbécil mirándola, mi nueva misión en la vida va a ser hacerla feliz empezando en el momento en que abra esos preciosos ojos suyos.

❧Capítulo 9❧

Un nuevo comienzo

Me despierto desconcertada, no sé cuánto tiempo llevo durmiendo ni dónde estoy. Intento hacer memoria, y me sobresalto cuando los recuerdos acuden en bandada a mi mente. ¡Dios! Lo que pasó con Rober, el engaño, el bebé, la reconciliación y el reencuentro con Jason, Jason... Ahí encuentro la respuesta a dónde estoy, en su casa. Cuando me destapo de doy cuenta de que lo único que me faltan son las botas. ¡Vaya, qué considerado se ha vuelto de repente este hombre! Salgo al pasillo y me quedo alucinada. Todo lo que veo, absolutamente cada hueco posible, incluido el suelo, está repleto de diminutas velas, a las que acompaña un camino de pétalos de rosas negras. Lo sigo sin dudar, nada más llegar al salón, me encuentro sin respiración ante la imagen más romántica y a la vez más erótica que he visto en mi vida. Ahí está el objeto de mi obsesión, el hombre que se está adueñando de mi corazón contra mi voluntad, apoyado en un taburete con el pelo mojado, me imagino que se acabara de duchar, con un pantalón de pijama que cae en sus caderas dejando majareta perdida a cualquiera que lo mire, vamos a mí me ha dejado para que me encierren ahora mismo, con sus ojos cerrados completamente concentrado en la guitarra que tiene entre sus manos toca una melodía hipnotizante; pero ahí no queda la cosa, al estar todo iluminado por pequeñas velas parece salido de otro mundo, como si fuera un dios, un hombre que más allá de lo imaginable. Veo que ha puesto la mesa y unos pequeños recipientes, supongo que con nuestra

93

cena. Todo esto me supera, y suspiro, suspiro como una idiota enamorada, y es en ese momento cuando él abre sus ojos, y entonces tiemblo y me recuesto sobre la pared porque creo que lo más probable es que me desmaye. Todo esto es completamente *surreal*, ¿estoy soñando? Me pellizco y duele, ¡Ay, qué bruta soy a veces! Cuando deja la guitarra y comienza a caminar hacia a mí, mi piel se eriza, este hombre controla mi cuerpo a su antojo.

—Buenas noches, princesa.

—Ho, ho… Hola— tartamudeo, mierda Carol despierta, lo que yo decía para que me encierren. Ya hasta hablo conmigo misma.

—La cena está en la mesa, marmotita.

Me acerco movida por la curiosidad para ver que ha preparado y sonrío, solo es una simple ensalada con pollo pero el detalle me parece tan bonito que no dejo de sonreír como una boba.

—Sé que no es nada elaborado, pero como no sabía cuándo ibas a despertar, esto nos saca del apuro.

—Es perfecto Jason, todo lo es.

—Esto es poco para todo lo que te mereces, eres mi princesa, y de ahora en adelante te voy a tratar como tal.

—Jason…— no sé cómo continuar, vuelvo a estar confundida porque ni siquiera sé lo que quiero— Yo… No sé si esto— nos señalo— es buena idea, ya has visto que mi última relación no ha ido muy bien que digamos y no creo que sea buen momento para empezar nada con nadie.

Deja los cubiertos encima de la mesa, se acerca a mí y me hace levantarme. Estamos de pie, uno frente al otro, y nuestros cuerpos comienzan a sentir y actuar como si tuvieran vida propia, se atraen, se buscan y se necesitan.

—Lo notas, ¿verdad?

—Sí— susurro, no puedo mentirle en algo que es tan evidente.

—Princesa, — coge aire antes de continuar— sé que no nos conocimos de la mejor forma posible, se supone que lo que solo era una noche nos lleva meses persiguiendo, pero no estoy dispuesto a perder esto, a dejar de sentir de esta manera, — coge mi mano y la coloca en su pecho— ¿lo notas? Si está así es por ti, solo con tu cercanía se acelera, estoy constantemente buscándote, mi cuerpo te reclama como suya. Sé que es una sensación extraña, pero me encanta, cariño, y no quiero renunciar a ella. Quieres ir despacio, sin problema, empezaremos por el principio, tendremos citas, no te tocaré hasta que tú me lo pidas, pero por favor, no te alejes de mí, no me dejes solo ahora que no hay nada que se interponga entre nosotros

Me quedo mirándole fijamente. No sé qué hacer, tengo sentimientos encontrados, sé que cuando me toca todo lo tengo claro, es lo que me llevo a la decisión de dejar a Rober, es volver a estar entre sus brazos y estoy dispuesta a renunciar a todo, a descubrir hasta donde podemos llegar, peto y con todo sigo confundida. Vienen a mi mente todos nuestros encuentros, todas nuestras miradas, nuestros gestos compartidos, su forma de protegerme, de estar pendiente de mí, y me digo ¿Por qué no intentarlo? Si estuviera Bea aquí ya me habría dado una colleja diciéndome que viviera, que soy joven, y tengo a un pedazo de hombre que me adora, y dice sentir algo por mí casi suplicándome estar juntos. Ahora mismo está calibrando mis reacciones, le veo concentrado en cada pequeña mueca que hago, y sonrío, sí, creo que vamos a ser capaces de sacar algo bueno de todo esto. Cuando me ve sonreír se relaja, creo que había dejado de respirar esperando mi respuesta.

—Está bien, lo intentaremos, pero iremos despacio. Vamos a conocernos, a ver si tenemos algo más en común que ser compatibles en la cama.

Se acerca y me besa, derramando en ese beso todos los sentimientos que guarda por mí, me besa como sellando una promesa de felicidad mutua y me gusta.

Cenamos tranquilamente hablado un poquito de nosotros, me entero que es hijo único, de que sus padres viven en Londres, de que vino a Madrid para empezar de nuevo y cuando intento indagar más cambia de tema por lo que dejo de atosigarle, ya me lo contará cuando crea preciso. Yo le hablo sobre mi familia, le cuento que tengo un hermano mayor, que está casado y que me dio dos pequeñas sobrinas; y que mis padres están viviendo la vida loca convertidos en unos viajeros y que raro es cuando les vemos. Cuando terminamos le ayudo a recoger y a fregar todo. Ahora viene lo incómodo, hemos acordado ir despacio así que lo mejor será que me vaya y así se lo hago saber

—Jason, será mejor que me vaya.

—Está bien, espera que me vista y te llevo.

Es un pecado que se cambie, pero por el bien de mi cordura mental y el poco autocontrol que tengo cuando me mira será lo mejor.

Cuando llegamos a mi portal deja el coche en doble fila y me acompaña a la puerta, parece que le cuesta dejarme ir.

—¡Dios!, princesa me está costando dejarte marchar, cuando lo que de verdad me apetece es meterme en una cama contigo por el resto de mi vida, pero te prometí que iríamos despacio y eso haremos. No hagas planes para mañana por la noche, tendremos nuestra primera cita.

Me da un ligero beso en los labios, me guiña un ojo y se va, mientras yo me quedo mirando como una idiota la calle incluso después de que su coche haya desaparecido. Al rato, cuando consigo ponerme en marcha subo a mi apartamento y me voy a la cama de cabeza. Me tiro de espaldas en plan película americana en la típica escena cuando la adolescente protagonista ha conseguido una cita con el chico que le gusta, y aunque estoy ilusionada no puedo evitar seguir albergando dudas espero que esto salga bien.

***

Me despierto completamente descansada, esta vez sí me acordé de cerrar las cortinas y de quitarle el volumen al móvil, me apetecía descansar sin preocuparme por nada más. Al mirar la hora me sorprendo pero, ¡si son las siete de la tarde! No, si ya me lo decía mi madre que soy como una marmota, ¡vaya razón tiene la mujer!

Cojo el móvil para ver si alguien se ha acordado de mí, y tengo varios mensajes de Bea y de Jason. Leo primero a mi amiga que conociéndola seguro que me alegra la mañana.

> *«¡Princesa! ¿A que no sabes con quién estoy, eh?, ¡con Cris! No te dije nada porque sabía cómo estaba el asunto pero adivina qué… ¡Quiere quedar contigo para hablar las cosas!»*

> *«No se lo digas, pero el embarazo la está volviendo más tarumba de lo que ya estaba. Te mando una foto para que veas lo enorme que se ha puesto, pero ¡shh!, que si se lo dices llora como una magdalena, y no de las que te apetece comer.»*

> *«Te quiero pequeña pirata. Por cierto, cuídame a mi hombre y que no se le acerque ninguna lobona, tienes mi permiso para hacer cualquier locura que se te ocurra. Besitos de amor.»*

Veo la foto y no puedo evitar reírme, Cris está preciosa, con una barriga enorme eso sí, pero el embarazo la sienta bien. Bea es otro cantar, sale bizca y con la lengua fuera, ¡qué tía!, nunca cambiará y me encanta, porque por muy en el fondo del pozo que me encuentre siempre consigue sacarme una sonrisa. Todavía me queda otro mensaje, que en algún momento tendré que leer… Seguro que ya ha visto que me he conectado, esto de la mensajería instantánea es un atraso social, todo el mundo te puede controlar, lo que equivale a privacidad cero.

Llevo cerca de media hora mirando el móvil empanada, no tiene por qué ser malo lo que ponga, se supone que estamos juntos, ¿no? Creo que mi subconsciente piensa que todo es un sueño demasiado bonito y que en cualquier momento voy a despertar y a darme de bruces contra la realidad. Nerviosa abro el mensaje.

> *«Buenos días, princesa. Me hubiese gustado poder desayunar contigo, pero me imagino que seguirás durmiendo. Realmente, voy a echar de menos verte a diario en la oficina. Cuando tenía un mal día solo tenía que mirarte para olvidarme de todo lo malo, incluso cuando sabía que no eras mía… porque ahora, princesa, ten por seguro que eres mía, y que no te voy a dejar escapar. Te veo esta noche.»*

Tengo el corazón acelerado y una sonrisa de bobalicona. Mi día no ha podido empezar mejor. Venga, voy a ponerme a arreglarme para mi hombre, que hoy es oficialmente nuestra primera cita.

**

Llevo media hora mirando el armario sin saber que ponerme. Como no sé qué planes tenemos no tengo ni idea de que llevar. En el momento que creo empezar a tirarme de los pelos suena mi móvil.

«No te vuelvas loca, con cualquier cosa estás preciosa, pero si te sirve de algo la cena es informal, seremos tú y yo solos… En media hora paso a por ti.»

¿¡Media hora!?, ¡si todavía sigo en pijama! Cojo unos pantalones vaqueros desgastados y un jersey azul de cuello barco, me pongo un conjunto de lencería también en color azul, mi última adquisición en ropa interior, y me calzo unos botines planos de color negro, un poco de espuma en el pelo y *gloss* en los labios y estoy lista justo cuando suena el timbre. Descuelgo el telefonillo y le digo que ya bajo. Cuando estoy cerrando la puerta unas manos me tapan los ojos, pero no tengo miedo mi cuerpo enseguida lo reconoce.

—Hola, princesa. Ves, te lo dije, preciosa con cualquier trapito. Ahora vas a tener que confiar en mí, porque vas a ir con los ojos tapados.

Siento como sustituye sus manos por una tela suave. Estoy intrigada, me encantan las sorpresas, es más siempre he sido fácil de sorprender. Me guía hasta el coche donde me ayuda a subir. Me remuevo en el asiento intranquila, no saber a dónde voy al final me está poniendo nerviosa, es eso o la cercanía de Jason. Al tener los ojos tapados mis otros sentidos se han agudizado, y mi cuerpo le siente más cerca, su olor, el roce de su ropa al moverse...

Por fin noto como el coche se para, no sé cuánto tiempo hemos tardado he estado tan centrada en él que el trayecto se me ha hecho corto. Empiezo a pegar pequeños botes en el asiendo con impaciencia.

—¿Impaciente?— me susurra en el oído.

—No sabes cuánto. Hay demasiado silencio aquí, ¿no?

—Te lo dije, princesa, tú y yo solos.

Entramos en el «lugar misterioso» y me quita la venda de los ojos, en el mismo instante en que miro a mi alrededor mi boca cae hasta llegar al suelo. Estoy alucinada, me imagino que esto es un restaurante normal el resto de días pero ahora, no tengo palabras para describirlo. Solo han dejado una mesa en el centro, el resto del local está inundado de velas, seguro que a este hombre le han tenido que hacer un bono por comprar tantas velas en tan poco tiempo. Jason me está mostrando que tiene un don para dejarme con la boca abierta, es todo tan romántico, tan de ensueño que todavía tengo la sensación de que voy a despertarme en cualquier momento y a encontrarme la realidad cara a cara, me siento tan abrumada por todo que sin más me echo a llorar.

—Eh, eh, princesa, no llores, por favor. ¿Es que no te gusta?

—Al contrario, Jason. Es todo tan, tan perfecto... No creo que merezca todo lo que estás haciendo, nadie había tenido estos detalles tan románticos conmigo antes.

—Carol, mi mundo comienza y acaba contigo, eres la princesa de mi cuento. ¿Qué clase de príncipe sería si permito que llores? Solo quiero verte sonreír el resto de mi vida.

Me seco las lágrimas y le miro sonriendo con el corazón rebosante de felicidad. Este hombre es completamente perfecto, y tengo que aprovechar la suerte de que por el momento sea solo mío. Para romper un poco la tensión que se ha creado entre nosotros le suelto el primer pensamiento que tuve nada más entrar.

—Jason, dime un cosa, cielo, — me mira interrogante, esperando que continúe— a ti te han hecho algún tipo de bono de descuento por comprar tal cantidad de velas, ¿verdad?

Primero me mira como si me faltara un tornillo, pero no sé qué ve en mis ojos que le gusta y hace que empiece a reírse a carcajadas hasta que pequeñas lágrimas saltan de sus ojos.

—Por algo estoy loco por ti. Anda, sentémonos a cenar.

La cena pasa entre charlas amenas y miradas de promesas por cumplir. Cuánto más habla más idiotizada me quedo, se ha colado dentro de mi tan profundo que el día que me falte no creo poder vivir sin él. Cada gesto que tiene conmigo me enamora más, cada vez que me mira mientras habla expresando en ese azul tan intenso todas sus emociones sin ningún tapujo caigo sin remedio de nuevo. Se está entregando a mí sin dudas y eso hace que tenga más confianza en mí misma, en lo nuestro, y en él. Estoy tan absorta en mis pensamientos que cuando carraspea para llamar mi atención me fijo que me tiende un sobre.

—¿Más sorpresas?

—Creo que esta es más para los dos que solo para ti. Venga, ábrelo.

¡Guau!, un fin de semana, mejor dicho, este fin de semana tenemos reserva en un hotel en la cala de San Vicent, en Ibiza… ¿¡Ibiza!? Este hombre está loco.

—No podemos irnos a Ibiza con tan poco tiempo.

—¿Por qué no?

—Pues porque no, esto hay que planearlo tranquilamente. Además estamos en diciembre, ¡por dios!, ¿quién va a la playa en diciembre? ¿Estás loco?

—Simplemente vive, princesa. De momento, no tienes trabajo por lo que no necesitas pedir vacaciones, ahora en la playa hace una temperatura estupenda, no para bañarse claro pero si para poder disfrutar de la isla, y lo más importante, estaremos prácticamente solos, será un fin de semana nuestro, solo para los dos.

Ahora sí que me ha desarmado, ¿qué clase de novia, porque creo que eso soy, sería si me negara a ir con él a ese viaje?

—Está bien, ¡nos vamos de mini vacaciones!

Cuando le digo que sí, solo le falta dar saltitos como un niño pequeño, no sabía que le haría tanta ilusión este viaje.

Qué rápido ha pasado la noche, ya estamos de nuevo frente a mi portal y no tengo ganas de que se vaya aún, quiero que suba conmigo, necesito que me toque y que me demuestre que me desea. Así se lo hago saber, cuándo me da un dulce beso de despedida me engancho a su nuca y profundizo el beso, inmediatamente me corresponde, y ambos ponemos toda la pasión que tenemos en ese beso, cuando el aire se hace indispensable nos separamos con la respiración entrecortada, y apoyando su frente en la mía suspira.

—Me lo estás poniendo muy difícil, facilítamelo solo un poquito, por favor.

Me muerdo el labio, y en el momento que veo súplica en su mirada, me pongo a hacer pucheros con mi labio inferior.

—¿No quieres subir?

—Me prometí a mí mismo y a ti que iríamos despacio, que te demostraría que te quiero para algo más que para calentarme las sabanas, así que déjame comportarme como un caballero y sube a tu casa.

—Está bien, — claudico— hasta mañana.

Según voy subiendo la escaleras hacia mi casa, me doy cuenta que estoy encantada con la idea de irnos de viaje, es más, ya estoy deseando que llegue el viernes para tenerle todo para mi solita, y por muy caballero que quiera ser este fin de semana de mí no se va a escapar.

❧Capítulo 10❧

Nuevas incorporaciones

¡Por fin viernes! Esto de estar sin trabajo me deja demasiado tiempo libre, y aunque Eric haya intentado darme trabajo no es lo mismo porque todavía no he empezado realmente y eso me deja tiempo libre para pasar toda la semana de los nervios por el viaje con Jason. Sigo pensando que está loco, pero contrariamente a todo lo que creía me siento viva e ilusionada. Ya lo tengo todo preparado, yo misma incluida, aun así cuando suena el timbre pego un pequeño brinco y me dirijo a abrir la puerta con las piernas temblando de anticipación por verle. Cuando le tengo delante me quedo sin palabras, no logro acostumbrarme a tener semejante modelo de catálogo mirándome con tanta adoración, bueno, ahora su mirada es más lujuriosa que otra cosa, me recorre con la mirada como si quisiera comerme y ojalá sea así. Yo estaba tan contenta con mi periodo de abstinencia postruptura hasta que apareció este dios de los orgasmos a recordarme lo que se sentía al ser tocada, besada y si se pone hasta mordida por un hombre, y madre mía... ¡Qué hombre!

—Guau, princesa, estás increíble—dice dándome un repaso de arriba abajo.

—¡Anda ya, adulador...! Si son unos simples vaqueros y un jersey.

—A mis ojos siempre estás preciosa.

Se agacha a coger mi maleta y me da un tierno beso en la frente, mi yo interno suspira, pero mi cuerpo se muere por el Jason de antes. Ese que nada más verme me empotraba en la primera superficie que pillaba y me hacía alcanzar el cielo entre sus brazos, pero este Jason está empeñado en no tocarme, en demostrarme que me quiere por algo más que por el sexo y en cualquier momento voy a entrar en combustión si no me toca de nuevo.

—Vamos anda, que si me sigues mirando así perderemos el avión— me suelta guiñándome un ojo.

Una vez estamos en el aeropuerto pasamos los controles sin problema y en menos de una hora nos montamos en el avión, al llevar solo equipaje de mano todo va más rápido. Ya montada en el avión me empiezo a encontrar mal, me imagino que son los nervios a volar, por lo que me tomo un ibuprofeno y cierro los ojos para que me haga efecto.

Noto unas pequeñas caricias en las mejillas que me hacen cosquillas e intento apartarlas. Oigo una risa ronca que hace que quiera abrir los ojos pero no tengo fuerzas para lograrlo.

—Vamos, princesa, abre los ojos, que ya hemos aterrizado.

Los abro y un dolor fuerte me martillea la cabeza. ¡Uff, qué calor hace aquí!, creo que tengo fiebre, me encuentro fatal.

—No queda nada, princesa, en cuanto lleguemos al hotel te podrás recostar un poco—me dice con tono preocupado.

Empiezo a pensar que este viaje no va a ser como hemos planeado ninguno de los dos.

Una vez en la habitación del hotel soy incapaz de fijarme en los detalles, lo único que veo es la cama y voy directa a ella sin cambiarme ni nada. Al poco tiempo, siento unas manos desnudarme y me dejo hacer, no tengo fuerzas ni para quejarme. Me está manejando a su antojo, como si fuera una muñeca, cuando termina de ponerme el pijama, me da un beso en la frente.

—¡Mierda, estás ardiendo! Voy a llamar a recepción para que manden un médico o lo que sea.

Ya no soy consciente de nada, solo oigo voces, noto paños fríos en la frente, y alguien intentando alimentarme, pero yo solo quiero dormir, estoy demasiado cansada.

Cuando abro los ojos estoy completamente desubicada, miro a mi alrededor y no tengo ni la más remota idea de dónde estoy. Siento el cuerpo débil, entumecido de estar en la cama, cuando veo a Jason entrar por la puerta suspiro aliviada.

—Por fin despertaste, princesa.

—¿Dónde estoy?

—En mi casa.

—¡¿En Madrid?!

—Claro, ¿dónde si no?

—Pero… ¿Qué ha pasado? Lo último que recuerdo es subirme al avión.

—Llevas cinco días casi en la inconsciencia, con fiebres muy preocupantes. Fuimos a Ibiza sí, pero no salimos de la habitación. Me tenías muy preocupado, princesa, tenía unas ganas locas de volver a ver esos ojos que me tienen hechizado.

—Tengo vagos recuerdos, de paños fríos, de beber un líquido caliente, pero nada más.

—No me he separado de ti en estos días, te he cuidado según me indicó el médico e incluso mejor, solo quería que te recuperaras.

—¿Qué día es Jason?

—Estamos en nochebuena, princesa.

—¡¿Qué?!

—Tranquila, levántate despacio, dúchate, y después nos vamos a comer. Seguro que lo único que necesitas es reponer fuerzas, además esta noche tenemos fiesta en el club de Eric.

Estando ya ubicada me permito observar dónde me encuentro. ¡Vaya, esto es alucinante! Estoy en la segunda planta pero solo hay una cama y dos puertas. Me acerco a la que está más cerca de mí y veo un enorme vestidor, ahora mismo me muero de envidia, está lleno de trajes, vaqueros, camisetas, camisas, corbatas, zapatos, un millón de modelos de deportivas… Solo de verlo creo que me he mareado, cierro la puerta y me dirijo a la otra. ¡Bingo, encontré el baño!, y madre mía qué baño, las paredes y el suelo son de azulejo negro, tiene un lavabo doble de esos colgantes, con un enorme espejo. En una esquina veo un enorme plato de ducha en pizarra negra, con columna de hidromasaje, en la otra esquina hay un muro con cajones me acerco para ver qué es lo que esconde y alucino más todavía… ¡Un jacuzzi! Me entran unas ganas locas de llenarlo y perderme dentro, pero este hombre no tiene intimidad y la pared es de cristal. No quiero ni imaginar cómo será el resto de la casa, solo con el baño estoy flipando. Al final me decido por la ducha. Después de una hora probando todos los chorritos me siento mejor, tanto que me ruge el estómago. Cuando salgo a la habitación no encuentro mi maleta, así que me meto en su vestidor y cojo una camiseta negra y unos calcetines, odio ir descalza. La camiseta me queda como si fuera un vestido y me deja un hombro al aire, al vérmela puesta caigo en la cuenta de lo enorme que es Jason. Según bajo por las escaleras voy abriendo más la boca, creo que mi barbilla va a limpiar el suelo. ¡Vive en un *loft*!! Todo es de ladrillo visto, frente a la escalera

107

está el salón, con un sofá en forma de «u» en cuero negro y cómo no una pantalla de televisión plana mínimo de 65 pulgadas, ¡qué tendrán estos hombres con las tecnologías! Bajo el dormitorio está la cocina, tipo americana, todo en tonos negros y platas, con una isla a modo de mesa rodeada de banquetas. Toda la pared lateral es de cristal por lo que es todo muy luminoso. Nunca imaginé que Jason tuviera una casa tan increíble, le hacía más en un piso, la última vez que estuve aquí me fui tan rápido que no me pude fijar en nada.

—¿Impresionada?—me sorprende su voz.

—Un poco la verdad, la última vez no pude ver todos los detalles, pero ahora que la he podido ver te digo que tienes una casa preciosa, nene— le digo mientras me giro guiñándole un ojo.

Ahora el impresionado es él. He estado huyendo de él sin parar y ahora que sé que quiero estar con él, mi antigua yo ha despertado del letargo en el que estaba. Cuando despierta del *shock* viene hacia mí y me besa con toda la pasión que ha estado reprimiendo, ya sé qué quiero desayunar pero mi estómago no lo tiene tan claro por lo que decide llamar la atención en este momento tan bonito.

—Creo, princesa, que lo primero será alimentarte—me dice divertido.

—Sí, pero de la siguiente no te escapas, princesa—le respondo traviesa.

Estamos desayunando en la isla tan tranquilos entre risas y arrumacos cariñosos cuando llaman al timbre. Cuando vuelve a la cocina lo hace con una bolsa y una caja que me tiende sonrojado. ¡Uy, uy, uy…!, cuando un hombre se sonroja nada bueno presagia.

—No lo abras todavía, sube arriba y arréglate, es uno de mis regalos de navidad.

Estoy intrigadísima así que sin rechistar hago lo que me pide. Ya arriba abro la bolsa y veo un vestido espectacular negro de encaje, atado al cuello y con escote en la espalda hasta donde la misma pierde su nombre. Lo asombroso del vestido es que el forro interior solo tapa hasta debajo del culo, lo demás es todo encaje hasta los pies. ¡Es increíble! Cuando abro la caja de lo que supongo son los zapatos, me caigo al suelo de la impresión, está definitivamente loco, ¡me ha comprado unos *Manolo Blahnik*! Este hombre tiene buen gusto para todo, son blancos forrados de encaje negro a juego con el vestido, no he mirado la marca de este, pero ya me da hasta miedo mirarlo. No creo que con su sueldo de supervisor de una compañía de *marketing* pueda pagar todo esto. Dentro de la funda del vestido hay otra más pequeña, lo único que contiene son unas medias con un liguero negro, las medias son color carne y donde van enganchadas al vestido son del mismo encaje de este y del tanga, aunque, bueno, no creo que a este trozo de tela se le pueda denominar así… ¡Está partido por la mitad! Muy bien, nene, tú lo has querido, ¡juguemos!

Me recojo el pelo en un moño desordenado dejando algunos rizos a su aire, ya me ha crecido bastante así que me queda bien recogido. Me maquillo en tonos oscuros con una única nota de color en los labios, que son según la marca, rojo Blancanieves, ¿Bea habrá conseguido patentar el nombre? Muevo la cabeza de un lado a otro para eliminar los pensamientos absurdos de mi mente y continuo con la tarea de arreglarme. Una vez maquillada salgo del baño y ahí está esa pieza exclusiva, cada vez que la miro me gusta más. Me pongo las medias con cuidado de no romperlas, me daría un infarto si eso pasara, me pongo el tanga, ¡ay dios!, los dos cachitos de tela van unidos con pequeños lacitos de seda si tira un poco se abre dejando a la vista mi intimidad, no lo pienso demasiado y me pongo el liguero ajustándolo a las medias. Una vez puesto el vestido me calzo los zapatos y voy al vestidor para poder mirarme en el espejo de cuerpo entero que hay allí. Cuando me miro no me creo lo que veo, esa mujer que me devuelve la mirada es una completa desconocida, tiene un brillo en los ojos que hace mucho que no veía, y el vestido le hace un cuerpo de diez, no me reconozco, pero sonrío, me siento guapa, fuerte, capaz de comerme el mundo.

Al rato bajo las escaleras, después de haber estado absorta contemplándome durante más de media hora. Jason se gira para mirarme, y sus ojos se abren de golpe, veo como el azul que tanto me hipnotiza se vuelve negro, y su mirada dulce, se vuelve hambrienta, y yo soy su presa, noto como su respiración se acelera, y un bulto en sus pantalones crece por momentos. Él no es el único que se ha quedado sin palabras, yo estoy en las mismas condiciones, tendría que estar prohibido ser tan perfecto, y ya de esmoquin es como si fuera un dios, lleva un esmoquin negro con camisa negra con una corbata de un azul eléctrico que destaca por ser casi idéntico al azul de sus ojos. Voy a ser la envidia de toda mujer hoy, y que me haya elegido a mí de entre todas me sube el ego. ¡Increíble!, hace unos meses verle así me llenaría de miedos e inseguridades y ahora solamente pienso «mírale todo lo que quieras porque es todo mío». Este hombre me está cambiando y me gusta, estoy volviendo a ser la yo antes de Rober y eso es algo que le agradeceré siempre, termine cómo termine lo nuestro.

—Ejem… — carraspea— ¡Guau, princesa, estás increíble! Sabía que era perfecto para ti, pero vértelo puesto es… Me has dejado sin palabras.

—Tú también estás muy guapo, nene, tendré que espantar a las mosconas hoy.

—No te equivoques, princesa, soy yo el que tendré doble trabajo esta noche.

El restaurante donde me ha llevado es precioso. Todo el local está tenuemente iluminado, mires donde mires todas las mesas son parejas, normal, ya que el ambiente es absolutamente romántico. Una camarera nos lleva a nuestra mesa después de reaccionar al ver a semejante hombre junto a mí, la pobre podría haber muerto de combustión espontánea, en el fondo la entiendo, yo cada vez que le miro me estremezco.

—Espero que no te importe, cuando hice la reserva pedí un menú degustación, por lo que nos irán trayendo diferentes platos.

—Me parece perfecto, así lo probamos todo.

La cena pasa sin darnos cuenta entre risas, caricias y miradas. Ya al final de la cena abro mi pequeño bolso y saco un sobre doblado que le tiendo, me mira extrañado.

—¿Y esto?

—Tu regalo.

—Princesa, mi mayor regalo es que estés conmigo, lo demás me sobra.

Este hombre cada vez que me mira con esa intensidad y me hace un comentario así me desarma completamente, me declararía su esclava para la eternidad si él me lo pidiera. Cuando soy capaz de reponerme le contesto.

111

—Es un pequeño detalle, Jason, al haber estado enferma no he tenido mucho tiempo para prepararte algo más especial, pero esto valdrá por ahora.

Cuando ve lo que es, sus ojos se iluminan maliciosos y pone esa sonrisa de chico malo que hace que un escalofrío me recorra por toda la columna directo a ciertas partes que hoy van más destapadas de la cuenta.

—¿Me estas regalando un viaje a París para dos, princesa?

—Sí... Eso pone ahí, ¿no?— le contesto nerviosa por cómo me está mirando. Este hombre es un pecado andante y más cuando sonríe.

—¿Y con quién tengo que disfrutarlo?

¡Zas!, vaya jarro de agua fría me acaba de lanzar sin compasión. No sé cómo contestarle cuando se empieza a partir de risa, ¿pero bueno, se está cachondeando de mí? Entre carcajadas intenta hablar sin conseguirlo, cuando ve mi cara de cabreo se relaja e intenta ponerse serio de nuevo.

—Tendrías que haberte visto la cara, princesa. ¿Todavía no te ha quedado claro que solo tengo ojos para ti, que mi día a día consiste en escribir nuestro cuento de hadas? Solo hay una persona en el mundo con la que iría hasta el mismísimo infierno si hiciera falta, porque incluso el infierno con la diablesa adecuada sería perfecto y esa, princesa, eres tú.

Lo que yo decía, abre la boca y yo me derrito. Me levanto de la silla me acerco a él y le tiendo la mano, cuando la coge le ayudo a levantarse y le beso, le beso con todo el amor que está despertando en mí, con todo lo que soy, y todo lo que tengo para entregarle. En el momento en que necesitamos recuperar el aliento, coloca su frente contra la mía y comienza a mecerse al ritmo de la suave música del restaurante, aquí no se puede bailar, y creo que somos el centro de atención del sitio al completo, pero me da igual, si estoy entre sus brazos el mundo entero se puede desintegrar si quiere.

Cuando está pagando la cuenta no sé de dónde saca una rosa negra y me la coloca en el pelo.

—¡Perfecta!, aunque la pobre flor pierde belleza a tu lado.

Bajo la cabeza avergonzada, me abruma con tanto piropo, no estoy acostumbrada.

Una vez llegamos al local de Eric el ambiente es completamente distinto, suena música a todo volumen, los chicos del grupo, de los que todavía desconozco los nombres, se preparan para el concierto de esta noche, la música en directo siempre es mucho mejor. De pronto siento unas manos tapándome los ojos, me imagino que es una mujer porque es más bajita que yo, está apoyando su peso en mi espalda para llegar a mis ojos.

—¿Quién soy?

Intenta cambiar su tono, pero la reconocería en cualquier lado, una hermana es una hermana aunque no sea de sangre.

—Mmm… Déjame pensarlo, ¿quizás una pequeña rubia explosiva que me tiene abandonada?

—¿Cómo?, pero si la que lleva cinco días en coma eres tú, bonita, así que no me vengas recriminando. Por cierto, ¿cómo estás?, aparte de buenorra me refiero, porque madre mía, chica, eres la envidia de toda mujer viviente.

—Mejor— le digo ruborizada— y no digas tonterías tú estás más sexy que yo. Mírate, ¡guau, si pareces una chica mala!

Lleva un vestido corto de cuero palabra de honor y unas botas altas negras, el pelo suelto y rizado y los ojos maquillados muy oscuros, es toda una *femme fatale*.

—Nena, mi hombre es todo un roquero, si no visto así dejará de mirarme, y no puedo permitirlo, tú has visto cuanta lagartona suelta le rodea.

No me había fijado, pero tiene razón, cada vez el grupo tiene más fama, sobre todo entre el género femenino, y el boca a boca entre mujeres mueve el mundo.

—Tienes razón, tenemos que atar a nuestros hombres en corto.

—Amén, hermana.

Y tras ese comentario comenzamos a reírnos sin parar, no hemos recuperado el aliento de las risas cuando se apagan las luces de golpe.

—Oye, ¿has visto a Jason?

—No, habrá ido al baño.

—Vaya forma de echarle el lazo tengo, que no me entero ni de que desaparece.

—Por cierto, cuando quieras pasas a por Nerón, ese peludito y yo nos hemos hecho mejores amigos, si tardas un poco más hasta me lo quedo. ¡Ya no seré capaz de dormir sin su calor en los pies!

—Le estás mal acostumbrando, Bea, él tiene su propia cama.

—Para eso están las titas— me contesta con un guiño.

De repente unos acordes llaman mi atención, ese comienzo me suena, ¡cómo para no hacerlo!, si es una de mis canciones preferidas. Cuando suena la primera palabra se enciende un foco y ahí está él, cantando mi canción con todo el amor que compartimos en la mirada y yo solo puedo admirarle mientas lo hace.

«Ahora que mi voz se ha convertido
en apenas un suspiro,
debo descansar.
Hoy que en la mitad de mi camino,
la evidencia me ha vencido
y me ha hecho llorar.

Sé que el tiempo curará,
aunque nada siga igual,
no me quiero resignar,
no olvidaré.

Yo que hasta el momento ignoraba,
en el punto en que se hallaba,
esa enfermedad.
Siento que la vida es como un hilo
que se corta de improviso
y sin avisar.

Y en la oscura habitación
necesito oír tu voz.
Ahora duermes junto a mí,
Esperaré…

Si amaneciera sin ti,
yo no sé qué sería de mí.
Hoy la muerte me ha mostrado ya sus cartas
y no entiendo la jugada,
trato de salir,
no quiero admitir,
mi soledad […].»

115

Verlo ahí subido cantándome la canción de Leo Jiménez *Si amaneciera* es mejor afrodisiaco que el chocolate. Me tiene embrujada, no puedo apartar la mirada de él, su voz le transmite un millón de descargas eléctricas a mi cuerpo que van directas a mi sexo. Cuando termina y baja del escenario dirigiéndose hacia mí, solo le da tiempo a decir «feliz navidad, princesa» antes de que le coja de la mano y le dirija todo lo rápido que me permiten los tacones al despacho. Al llegar cierro la puerta con cerrojo y veo tal deseo en su mirada que sé que está más que de acuerdo con esta idea. Me tumba sobre la mesa y me mira, ¡madre del amor hermoso!, si solo con esa mirada sería capaz de llegar al orgasmo, me sube el vestido y cuando ve que me he puesto su regalo gruñe de satisfacción.

—¡Dios, vas a matarme! Ahora, princesa, te enseñaré las ventajas de esta ropa interior.

Y al decirlo sonríe de tal manera que yo me humedezco más. Coge la silla que hay frente a la mesa del despacho y se sienta colocando uno de mis pies en cada uno de sus hombros, zapatos incluidos. Me hace ver que no le importa clavarse mis tacones con un beso en cada tobillo. Con delicadeza tira de cada lacito de mi tanga y ¡*voilà*!, me tiene completamente a su merced. Primero, tantea el terreno con un solo dedo.

—Mierda, cielo, estás empapada.

Cuando noto su lengua recorrerme despacio sin poder evitarlo gimo, y noto su sonrisa junto a mi piel más sensible. Sé que le encanta oírme gemir, me incorporo sobre mis codos para ver el espectáculo, y me encuentro con dos zafiros azules mirándome fijamente mientras me pega un mordisquito, grito, y él aumenta el ritmo de su lengua. Quiero más, necesito más, lo intuye y acompaña a su lengua primero con un solo dedo para acabar introduciendo dos. Siento cada movimiento que hace multiplicado por 1000, confío en él más que nunca. Nuestros ojos siguen fijos en los del otro, pero cuando estoy a punto, no puedo más y los cierro, y en ese momento él para.

—Abre los ojos, Carol—me ordena con autoridad.

Según le oigo le obedezco, cuando ve que hago lo que me pide vuelve a su tarea. Me tiene completamente hechizada, no puedo dejar de gemir, de gritar, de pedirle más. Noto un hormigueo en la parte baja de mi abdomen cada vez más fuerte, él lo sabe, e intenta incrementar el ritmo para hacerme alcanzar el cielo cuanto antes.

¡Pon, pon, pon!, suenan unos golpes en la puerta. Jason para, y yo me quejo, necesito que siga. Se oyen de nuevo los golpes y una pequeña voz que nos llama.

—Dejad de hacer cochinadas y salir de ahí, tenemos que irnos.

—La mato, juro por dios, que la mato.

Escucho a Jason reírse por lo que supongo que lo he dicho en alto. Me bajo de la mesa e inmediatamente el vestido cae en su lugar. Jason se esconde detrás de la mesa, supongo que para que Bea no vea la erección que difícilmente contiene sus pantalones. Abro la puerta de malas maneras y Bea me sonríe todo lo angelical que puede soltándome.

—¿Interrumpo? Diría por tu cara de frustración que sí, pero es que es importante— me dice con cara de burla.

—Más te vale, bonita.

—Cris se ha puesto de parto.

En fin, pues va a ser que sí era importante. Después de la escenita de la vergüenza salimos del local lo más rápido posible, y los cuatro nos dirigimos al hospital, para apoyar a los futuros papás.

Cuando llegamos vemos a Alex dando vueltas sin parar por la sala de espera, cuando nos ve suspira pero no para quieto. ¡Vaya cambio!, se nota que le importan tanto los bebés como la madre. Cuando Bea le pregunta que qué pasa, se pasa la mano casi obsesivamente por el pelo antes de contestar.

—Es muy pronto todavía, solo está de 35 semanas, pero empezó a encontrarse mal y a tener mucho dolor, y entonces vio que tenía sangre… Vinimos corriendo al hospital, por lo visto tiene un desprendimiento de placenta. Le están haciendo una cesárea de emergencia.

—Tranquilo, Alex, Cris es fuerte, y si esas bebitas tienen la mitad de fuerza que su madre, todo va a salir bien.

Nos sentamos a esperar, con estos tacones tengo los pies destrozados. Jason me mira y parece leerme el pensamiento porque me descalza y apoya mis pies en sus rodillas para masajearlos. Cada día estoy más enamorada de este hombre. Cierro los ojos completamente relajada, no sé cuánto tiempo ha pasado cuando vemos salir al doctor para informarnos.

—¡Enhorabuena!, es usted el feliz papá de dos preciosas niñas. Ambas están en incubadoras mientras se les realizan las pruebas oportunas para saber que está todo bien. La mamá está perfecta también. En cuanto terminen de limpiarla la subirán a la habitación, así que relájese y suba a esperarla allí.

Al poco de llegar a la habitación aparecen las enfermeras con la camilla de Cris, cuando me ve se pone a llorar como una magdalena.

Una vez que la han colocado me acerco a ella despacio y la abrazo como puedo intentando tocarla lo menos posible para no hacerle daño.

—Lo siento— me susurra.

—No hay nada que perdonar, te quiero y siempre voy a estar aquí para ti, recuérdalo, siempre.

Le doy un beso en la frente y dejo que Alex se acerque a ella, creo que necesita comprobar que está bien para volver a respirar. La escena es preciosa, no para de besarla y susúrrale cosas al oído, se ve que la ama de verdad y eso me tranquiliza. Estamos todos mirando a los tortolitos cuando aparecen dos enfermeras con dos bollitos envueltos en unas mantitas rosas, y se los entregan a los papás. Cuando las miran no pueden evitar comenzar a llora, no sé quién está más emocionado, porque Bea y yo también somos un mar de lágrimas. Cuando miro a Jason me está mirando fijamente queriendo decirme mil cosas a la vez. Le doy un tierno beso en los labios y me seca las lágrimas con sus dedos, me saca de *Jasonlandia* la voz de Alex diciendo.

—¿Te casarías conmigo?

Miro a Cris y está asombrada pero sonriendo, feliz es la palabra que mejor la describe en estos momentos. Sin parar de llorar respira hondo y le contesta sin dudar.

—¡Sí!

☙Capítulo 11❧
Noticias de año nuevo

Han pasado ya cinco días desde el nacimiento de las niñas, y todos hemos venido al pequeño chalé que la pareja tiene alquilado a esperarles. Las niñas están estupendamente, son unas campeonas como su mamá. Al estar en víspera de año nuevo ellos no podrán acompañarnos y por eso entre todos hemos decidido hacer unas precampanadas, y así por lo menos lo celebramos todos juntos. Cuando les vemos llegar representan la viva imagen de la felicidad, Cris camina con un poco de dificultad por los puntos de la cesárea pero con solo fijarte en su sonrisa sabes que es completamente feliz y aunque le moleste no le importa. Ya después de recibirlos como se merecen y compartir anécdotas del tiempo en el que no los hemos visto, nos ponemos a preparar la comida, en ello estamos cuando suena mi móvil.

—¿Sí?—pregunto al descolgar el teléfono.

—Hola, bollito— oigo a mis dos padres, supongo que porque me han puesto en altavoz.

—¡Hombre, si tengo padres!, y yo que pensé que en medio de su viaje por el mundo no tendrían tiempo de hacerle una llamada a su preocupada hija para saber si seguían bien.

—Lo sentimos, cariño— dicen a coro, en ocasiones pienso que ahora es cuando están viviendo su adolescencia.

—¿Qué tal el viaje?, ¿dónde estáis ahora?

—En Turquía, Carol, — responde mi madre con un suspiro de soñadora —tendrías que haberte venido con nosotros.

—Papá, yo todavía necesito trabajar para vivir.

—Te noto diferente, ¿ha ocurrido algo?— mi madre tan perspicaz como siempre.

—La verdad es que sí, que mi vida ha cambiado un poco.

—Cuenta, cuenta— me increpa con voz chillona.

—Mamá, ahora no es el momento.

—Venga, hija, no me dejes con esta intriga.

—¡Pero bueno!, ¿qué pasa que no pensáis volver nunca?

Noto unas manos que rodean mi cintura mientras sus labios desperdigan besos por mi cuello.

—¿Con quién hablas princesa?—me interroga Jason curioso.

—¡Uy, uy, uy, princesa, eso me lo tienes que contar pero ya!— me chilla mi madre tan alto que también lo escucha Jason.

Sin pedirme permiso me quita el móvil de las manos y la contesta con toda la naturalidad del mundo.

—Buenas tardes, señora, mi nombre es Jason Blake, y a riesgo de que su hija me mate cuando cuelgue, la informo de que soy su novio.

El resto de la conversación pasa entre risas, «sí, señora», «será un placer» y poco más. No puedo escuchar a mis padres pero conociéndolos a saber lo que le están contando… Por fin cuelga, y inmediatamente le miro con una cena enarcada.

—¿Algo que contar?

—Nada, princesa, tienes unos padres estupendos.

—Ya… — le contesto algo escéptica— ¿Seguro que no hay ninguna cosa que deba saber?—insisto.

—Poca cosa, tus padres quieren conocerme cuando vuelvan, y se alegran de que su niña por fin vuelva a sonreír— me dice guiñándome un ojo.

Soy incapaz de enfadarme con él por esto, me da la sensación de que se ha metido a mis padres en el bolsillo solo con cinco minutos de llamada y eso me tranquiliza. Aunque ahora sean un poco cabras locas siguen siendo mis padres y los adoro. Me he dado cuenta de que me importa lo que piensen, quiero que le acepten porque necesito a Jason a mi lado.

—Deja de divagar, princesa, y vamos a celebrar nuestras primeras precampanadas juntos.

La velada pasa entre risas y anécdotas. Los chicos alucinan con todas las cosas que nos han pasado, no paran de reírse y mirarnos como si fuéramos unas locas, pero me gusta y me divierte. Por fin, estamos las tres juntas de nuevo sin enfados, ni distanciamientos. Cualquiera que nos viera desde fuera se daría cuenta de que somos felices, de que hemos encontrado nuestro pequeño cuento de hadas.

Las pequeñas son muy buenas no se las oye nada más que cuando quieren comer, que es más o menos cada tres horas, y no veas cómo zampan las renacuajas. Justo antes de la media noche Cris les da una toma para que nos dejen comer las uvas tranquilos, a las 23.59 estamos todos delante de la televisión, dónde Alex ha programado las campanadas del año pasado. Cuando llega el momento sorprendentemente me las como todas a su tiempo y sin atragantarme, ¡toda una hazaña para mí! Después de la última Jason me acerca a él de un tirón y me da un beso de película, ¡guau, qué beso! Cuando nuestros cuerpos se acercan pidiendo más rompemos el contacto de nuestros labios, no hemos tenido ni un solo segundo de tranquilidad en estos días, y nuestros cuerpos lo notan, se necesitan con urgencia. Apoyando su frente en la mía me susurra.

—¡Feliz preaño nuevo, mi amor, porque sean muchos más a tu lado!

Me derrito, es tan perfecto, y es mío, completamente mío, se ha saltado todos los muros que puse alrededor de mi corazón para conquistarlo sin remedio. Lo amo como nunca imagine amar a nadie, ni siquiera a Rober, estaba equivocada en mis sentimientos hacia él, y eso me aterra, porque si ahora Jason desapareciera de mi vida, no creo que fuera capaz de superarlo. El sonido de una botella de champán al ser descorchada nos devuelve al mundo real y nos giramos para seguir celebrando esta noche con nuestros amigos.

***

Hoy es la noche de fin de año real, y creo que está todo perfectamente organizado. Entre Eric y yo hemos planeado una noche casi mágica, acordamos que cerraríamos el local solo para nuestros asistentes. Hemos contratado un *catering* que se encargará de decorar el pub con mesas y sillas para las cincuenta personas que cenarán hoy allí, la mayoría son familiares y conocidos nuestros o de algún chico del grupo. La de esta noche es una fiesta privada, financiada entre todos, el pobre Eric ya tiene bastante con cedernos el local, con las pérdidas que eso conlleva, como para pedirle también que cargue con todos los gastos, lo propuse pero me negué en rotundo, aquí cada uno se financia lo suyo. Para la ocasión he elegido un vestido de seda rojo con escote en palabra de honor, lo voy a acompañar con una torera de encaje negro, y así aprovecho los *manolos* que me regaló Jason para navidad, es una pena guardar semejantes zapatos en el armario. Me he hecho un recogido bajo con los rizos hacia un lado, y un maquillaje bastante sutil. Durante el tiempo que he tardado en prepararme Nerón me ha estado persiguiendo sin descanso, pobre peludito mío que poco caso le hago últimamente, me agacho para acariciarle e instintivamente él se tumba panza arriba.

—Vaya mami adoptiva te ha tocado, pequeño… Te prometo que la semana que viene nos vamos una semana a la casa del pueblo de los abuelos para que disfrutes corriendo por las montañas llenas de nieve.

Este perro es demasiado inteligente, cada vez que le digo algo me mira con tanta sabiduría que creo que me entiende a la perfección, para corroborar mi teoría se sienta y meneando el rabito me ladra como dándome su aprobación. Me giro al tocador para colocarme el perfume en los sitios idóneos, ¡Mmm, me encanta el olor del perfume *Black Opium* de Yves Saint Laurent!, creo que está hecho para volver loco al género masculino. Según devuelvo el bote a su sitio suena el timbre. Me dirijo a la puerta con una sonrisa en los labios porque sé quién se encuentra al otro lado. Cuando abro la puerta recorre mi cuerpo con la mirada, según va haciendo el recorrido su mirada se oscurece. No entiendo por qué no podemos celebrar esta noche los dos solos sin salir de la cama, yo lo preferiría, pero Jason está empeñado en ir al *pub* y disfrutar, sus palabras textuales fueron: «no te arrepentirás, princesa».

—Vas a hacer que me arrepienta de mi decisión de convencerte para ir a cenar. Estás increíble, aunque no sé de qué me sorprendo— esto último lo murmura para sí, aunque lo suficientemente alto para que llegue a mis oídos y me haga sonreír.

Cuando llegamos al local todo está increíble, hemos alquilado unos árboles artificiales hechos de pequeños *leds* blancos, los de *catering* han colocado las mesas formando una gran «u» para que sea algo más familiar y recogido, pero lo mejor de todo es la nieve artificial que lo cubre todo, Eric y yo nos lo hemos pasado en grande esta mañana rociándolo todo, parece un paisaje de ensueño, y el resultado ahora al completo es inmejorable.

—¡Vaya, habéis hecho un trabajo increíble!

—¿En serio?

—Completamente, princesa.

—¡Parejita!,— se acerca a nosotros Bea corriendo— venir os he reservado sitio a nuestro lado.

El ambiente es completamente acogedor, todo el mundo habla entre sí, parecemos una gran familia a pesar de que muchos de nosotros nos hemos conocido esta misma noche. La cena es exquisita, tengo que acordarme de felicitar luego al *chef*, contratamos este *catering* porque la comida se hacía en el mismo momento con una especie de cocina de campaña, y he de dejar claro que no nos equivocamos con ellos, está todo buenísimo. Tanto vino durante la cena ha hecho que mis mejillas estén continuamente ruborizadas. Ahora mismo soy completamente feliz, si me hubieran dicho esto hace meses, después de mi ruptura con Rober no me lo hubiera creído pero ahora estoy recuperada del todo, con ganas de vivir y de amar de nuevo… Y todo gracias al hombre que tengo sentado a mi lado charlado tan tranquilamente con Eric mientras involuntariamente me acaricia la pierna por debajo de la mesa, lo que de un momento a otro está encendiendo mi cuerpo. Es ponerme una mano encima y humedecerme instantáneamente, de esta noche no se escapa, espero que lo tenga claro. Me sacan de mis pensamientos libidinosos los camareros colocando una copa de champán y un cuenco con doce uvas delante de mí, ya han colocado la pantalla gigante del proyector para ver las campanadas, y todo el mundo está ansioso esperando que empiecen. Cuando comienzan no se oye ni un alma, estamos todos concentrados en comernos las uvas, yo sobre todo en no atragantarme y poder comérmelas todas para empezar el año con buena suerte, o eso es lo que se dice, ¿no? Justo después de la última campanada me giro para comenzar el año con un beso de mi hombre, pero él tiene otros planes, está de rodillas con una cajita de terciopelo negro abierta, dentro de ella resalta el anillo más hermoso que he visto en mi vida con un enorme zafiro que coincide con el tono de sus ojos, es de corte princesa y a cada lado lo acompaña una fila de pequeños diamantes. Mis ojos se humedecen, intento contener las lágrimas para no perderme la oportunidad de tener a semejante dios a mis pies. Cuando me sonríe mis piernas tiemblan, toma aire para hablar y yo me muero de miedo, todo en mi vida últimamente parece un sueño y sigo aterrada de despertarme en cualquier momento y que mi pequeño cuento de hadas termine de golpe, destruyéndome en el proceso.

— Princesa,—llama mi atención, sacándome de mi pequeña lucha interna— desde el día en que te vi en aquel *pub* supe que pondrías mi vida patas arriba, sin embargo no me arrepiento ni de un solo segundo de toda nuestra historia, ni siquiera de lo malo, porque eso me ha llevado hacia tus brazos, que es el sitio del que no quiero salir. Por eso, amor, ahora que comienza un nuevo año, me concederías el honor de escribir nuestro cuento desde cero y ser felices para toda la eternidad, ¿me harías el honor de casarte conmigo?

Todo está en completo silencio, todos esperan mi respuesta. Entre sollozos e hipidos no puedo contestarle, intento relajarme, noto como Jason se pone nervioso ante la espera, le miro a los ojos y veo tanto amor, tantas promesas por cumplir que mi mente responde incluso antes de que me dé tiempo a meditarlo.

—¡Sí, Jason, sí!

Suspira aliviado y me coloca el anillo, cuando se levanta para besarme la sala se llena de vítores, aplausos, y el ruido de botellas al ser descorchadas.

La noche sigue su curso, pero Jason y yo somos incapaces de separarnos, cada baile es más sugerente que el anterior, nuestros cuerpos se buscan y se anhelan. En cuanto noto que no nos miran le guío hacia el despacho, lugar que se está convirtiendo en una mala costumbre, al final Eric lo va a cerrar con llave para evitar que entremos, pero Jason tiene otros planes, vamos a la mesa a recoger nuestros abrigos, ni siquiera nos despedimos de nadie.

—¿Tienes prisa, cielo?— le digo con malicia.

—Ni te imaginas cuanta, princesa.

Conduce como un auténtico loco, está desesperado por llegar. Nada más entrar en el ático me besa con toda la pasión que lleva toda la noche reteniendo y yo, ¿qué puedo hacer?, simplemente devolvérselo.

¿Cómo no hacerlo si me moría de ganas?, lo deseo todo de él, si llego a tener que esperar aunque fueran cinco segundos más hubiera entrado en combustión. Me engancho a su cuello como si él fuera mi salvavidas personal y sonrío contra sus labios cuando noto que sus caricias son igual de frenéticas que las mías. Sin separarme de su boca le quito la chaqueta y la tiro no sé sin saber dónde, quizás acabe en el suelo al lado de la mía o colgada en la lámpara ahora mismo es lo que menos me importa. Me pega contra la puerta con fuerza lo que me permite sentirle en toda su magnitud, le quito la corbata lo más rápido posible, e invierto las posiciones para desabrocharle los botones de la camisa uno a uno, sin separarme ni un milímetro de él, acariciando cada centímetro de la piel que va quedando expuesta. Cuando no lo soporta más me alza del culo y me hace rodearle las caderas con las piernas. Mi vestido se sube casi hasta la cintura dejando al descubierto mis medias, unas de encaje que me he comprado para la ocasión. Camina conmigo en brazos mientras nuestras lenguas batallan en una lucha salvaje, hasta llegar a la mesa del salón. Antes de sentarme sobre ella me baja la cremallera del vestido lo que hace que resbale sobre mi piel dejándome a su vista semidesnuda, ya que la única prenda que adorna mi acuerpo es un liguero. Se da cuenta de que no llevo ropa interior, y gruñe como si fuera una bestia a la que se libera después de haber estado encerrada durante mucho tiempo. ¡Cielo santo!, mi respiración se altera y mi pulso se dispara al oírle, necesito que me toque o mi cuerpo se morirá de inanición. Cuando mi trasero toca el frío cristal, se aleja para observarme con ojos hambrientos.

—Me gustan más las medias negras que estas… Resaltan mucho más sobre la palidez de tu piel —pasa un dedo por el encaje de mis muslos.

No me dice nada más, comienza a recorrer mi cuerpo despacio, sin prisa, disfrutando de tenerme únicamente para él, poco a poco, caricia a caricia mi lado más sensual despierta y me acomodo mejor sobre la fría superficie, abro las piernas todo lo que puedo quedándome completamente expuesta ante él y sonrío con satisfacción al ver su reacción. Contiene la respiración y sus manos se aferran con fuerza a la mesa intentando controlar las ganas que tiene de hacerme suya, cierra los ojos y lleva una mano a su entrepierna intentando acomodar su erección dentro del pantalón, pero parece pensárselo mejor porque directamente se desabrocha el cinturón y el botón del pantalón, dándome un primer vistazo de lo que esconde, lo que provoca que me relama los labios con lujuria. Con prisas se termina de desnudar, suelto una risita al verle pelearse con sus zapatos, no ha apartado su mirada de mí en ningún momento, como si temiera que al perderme de vista fuera a desaparecer, lo que no sabe es que soy completamente suya y huir no entra en mis planes. Mi hombre… se pasa la lengua por los labios y yo me aventuro a tocar mis erectos pezones, no sé de dónde estoy sacando la valentía pero quiero que me desee con la misma fuerza que yo lo deseo a él. Coge mis manos y me las aparta con suavidad, obligándome a apoyarlas en la mesa. Acerca sus labios a la piel ardiente de mi estómago y me besa desde la unión de mis pechos hasta el ombligo. Besos cortos, pequeños, casi superficiales… Jadeo, casi grito cuando saca su lengua y lame el camino que hizo antes con sus besos, quiero tocarle, pero cuando lo intento me aparta las manos, volviéndolas a colocar en la mesa.

—Ahora es mi momento, princesa, tú solo disfruta.

—Necesito tocarte, por favor…— le suplico.

No termina de darme su aprobación con la mirada, que ya tengo mis manos en su pelo incitándole a que vuelva a colocar sus labios sobre mi piel. Apoyo los pies, aún calzados en los altísimos tacones, a ambos lados intentando engancharlos en las sillas como puedo para mantener la posición. Cuando se da cuenta de la acción sus dientes rodean uno de mis pezones y tira de él haciéndome gritar, sin apartar los labios de mis pechos me mira, sus ojos ya no son ese mar azul que tanto me atrae, son oscuros y me invitan a entrar en un mundo de lujuria al que, si es con él, voy con los ojos cerrados en un viaje de no retorno. Cuando noto como introduce un dedo dentro de mí, mis ojos se cierran, ese simple

129

contacto hace que me arquee sobre la mesa, mis piernas se tensan pero me obligo a mantener la postura, mientras él sigue con su tarea. ¡Necesito más y lo necesito ya!, pongo mi mano sobre la suya y le indico cómo y dónde le necesito. Llevo mucho tiempo sin él, demasiado, quiero al Jason del principio, me encanta su vena romántica pero nuestros cuerpos no entienden el significado de ir despacio desde que se tocaron por primera vez. Mueve la mano del lugar dónde yo misma la había colocado y se agacha haciendo que su pelo me haga cosquillas en el estómago, comienza a pasar la lengua por dónde antes habían estado sus dedos y gimo, gimo con tanta fuerza que temo que mañana me levante sin voz. Su lengua se aparta demasiado deprisa de ese lugar para ir subiendo hasta llegar a mis pechos realizando los mismos movimientos que sus dedos hacen en mi intimidad. Le tiro del pelo con fuerza, haciéndole gruñir, un sonido ronco y profundo que me excita aún más, y sus dedos lo aprovechan extendiendo mi humedad haciendo que quede resbaladiza y lista para lo que él quiera hacerme. Cuando me mira, en sus ojos veo todo tipo de sucias promesas a las que estoy dispuesta a acceder sin oponer resistencia alguna, y él lo sabe, mis uñas se clavan en la piel de su nuca cuando de golpe mete dos dedos en mi interior.

—¡Dios!—susurro.

—Me estás ofreciendo un espectáculo por el que cualquier hombre mataría, princesa—sus ojos se centran en mi entrepierna mientras soy invadida por sus dedos suavemente— pero que se jodan todos porque eres mía, eres mi mujer.

Sus palabras me vuelven loca y con un movimiento inesperado me bajo de la mesa, le empujo sobre ella y me subo en su regazo mientras mentalmente rezo porque la mesa aguante el peso de los dos juntos. Me tomo un momento para observarle, tengo a mi merced al hombre que se ha convertido en el dueño de mis suspiros, de mis jadeos y de mi cuerpo pero por encima de todo eso se ha adueñado completamente de mi corazón. Alzo la mano y le acaricio, el contorno de la cara, su mandíbula, apenas cubierta por una incipiente barba de un par de días que le hace verse mucho más sexi, sus labios, ¡dios!, esos labios que hacen toda clase de promesas con solo posarse sobre mí... Cierra los ojos disfrutando de mi exploración, es completamente perfecto y todo mío, todavía no me creo que se vaya a convertir en mi marido. Cuando nota que ya no le acaricio abre de nuevo los ojos, me inclino para besarle, intentando hacerle comprender con ese simple beso todos los sentimientos que él me provoca y que tengo miedo de decirle, le beso despacio, le acaricio con la lengua los labios, sus manos aprietan con fuerza mis caderas cuando le mordisqueo suavemente.

—Vas a volverme completamente loco, lo sabes, ¿no?— apoyo mi frente en la suya.

—Si digo que sí... ¿Qué me harías? —me muerdo el labio, colocándome sobre su erección y permito que nuestros cuerpos se unan solo un poco. Ambos jadeamos con ese contacto.

—Me tienes en el puñetero borde del abismo. Poséeme, princesa, soy todo tuyo.

Con esas palabras bajo de golpe, sintiéndole completamente dentro de mí. ¡Dios mío!, casi me corro en este mismo instante. Siento como su humedad se mezcla con la mía, su pene palpita contra mi interior, ansioso, a la espera de mis movimientos. Pego mi pecho al suyo todo lo que puedo, no quiero que entre nosotros haya el más mínimo espacio, quiero sentir su piel contra la mía, notar cada latido de su desbocado corazón mientras me balanceo sobre él. Cuando mis caderas empiezan a rotar sobre él jadeamos al unísono pero para mi cuerpo este contacto es poco, necesita más...

—Quiero más— le susurro al oído después de lamerlo, mientras mis caderas siguen moviéndose sin descanso sobre él.

—¿Más?, ¿más qué, princesa?— me dice entre jadeos— Dime cómo lo quieres y te lo daré.

—Lo necesito más rápido, más profundo— jadeo cuando me pellizca los pezones y como represalia dejo de moverme en círculos para moverme de arriba abajo, provocando que un profundo gemido abandone su garganta.

Hago un camino de besos por su cuello hasta llegar de nuevo a sus labios, besándole con toda la lujuria que mi cuerpo contiene.

—¡Oh, joder! —gime contra mis labios.

—Dame más—suplico de nuevo.

No sé cómo demonios lo hace pero de pronto siento como andamos por el salón sintiéndole todavía en mi interior. Solo sale de mi cuerpo cuando nos chocamos contra el gran ventanal, un gemido de frustración sale de mis labios por ese abandono. Me pega contra el cristal y agradezco ese frío contacto contra mi piel en llamas. Mi cuerpo anhela su próximo movimiento, apoya las palmas de sus manos a ambos lados de mi cabeza, y aprovecho para recorrer su cuerpo con admiración, observando desde su pelo revuelto, pasando por sus labios hinchados, y los arañazos de sus hombros hasta que mi vista se queda hipnotizada en su pene grande y grueso. ¡Mmm! Cierro los ojos un momento intentando concentrarme para no lanzarme a lamerlo...

—Gírate—susurra contra mi oído, dando por terminada mi exploración.

Le obedezco con los ojos todavía cerrados, sus manos viajan por mi cuerpo regalándole caricias suaves, que después imitan sus labios. Abro los ojos de golpe cuando oigo cómo las persianas del ventanal suben. Dejando así ante nuestros ojos un auténtico espectáculo nocturno de las luces de los edificios más emblemáticos de Madrid, una vista preciosa, no digo que no pero no para admirarla justo ahora. Sin previo aviso abre mis piernas con sus rodillas y me acaricia de manera lenta y tortuosa, siento el placer líquido de mi excitación resbalar por el interior de mis muslos, ¡dios mío! Su mano recorre lentamente desde mi trasero hacia mi espalda, recorriendo toda mi columna, acerca su boca a mi oído para susurrarme.

—Ahora viene lo bueno, princesa — vuelvo a cerrar los ojos por el placer que sus palabras me han provocado.

Noto cómo se posiciona detrás de mí y me concentro en el reflejo de mi cara sobre el cristal. Mi expresión pasa a ser de auténtico éxtasis cuando acerca sus caderas a las mías, me coge del pelo y tira con fuerza hacia atrás, posando su labios contra los míos con auténtica locura penetrándome de nuevo de una única estocada, el jadeo que suelto por mis labios provoca que el cristal del ventanal se llene de vaho evitando por unos segundos que pueda ver mi propio reflejo. Después me inclina suavemente sobre el cristal para tener mejor acceso a mi interior.

—¿Me sientes, princesa?— me susurra mientras su cuerpo bombea el mío con dulzura.

—Más que nunca— susurro como puedo entre embestida y embestida.

Siento cómo sus músculos se tensan con cada embestida que su cuerpo me ofrece.

133

—Esto es lo que quiero, princesa…Quiero que olvides todo y a todos los que hubo antes que yo.

Mi mente se queda en blanco, ¿dónde está el pasado?, ¡ni idea! En este momento solo él me invade por completo, si cierro mis ojos solo veo los suyos, solo le veo a él. No hay nadie más. No hay pasado. Solo el presente. Solo él. Solo el futuro. Solo nosotros. Juntos.

Es entonces cuando me permito darme cuenta sin ningún tipo de restricción de que estoy completamente enamorada. Mis reflexiones se cortan cuando el nudo en mi bajo vientre comienza a formarse mientras Jason continua con su tarea de llevarme al mismísimo cielo del placer. Eleva mi pierna con cuidado para tener mejor acceso a mi clítoris y con toda la devoción del mundo, lo acaricia haciendo que la única pierna que mantenga pegada al suelo flaquee.

—¡Jason!— grito intentando tocando el cielo con la punta de mis dedos.

Dejo de apoyarme contra el cristal para llevar mis manos hacia su trasero, incitándole a que vaya más deprisa. En un par de movimientos más nos dirigimos juntos a ver las estrellas. Regala mis oídos con un jadeo, corto, ronco y alto cuando me acompaña, mantiene sus manos en mi intimidad, notando todavía los espasmos de mi clímax, y me da ligeros besos en el cuello mientras intenta recuperar el aliento poco a poco. Despacio suelta mi pierna para inmediatamente agarrar mis caderas, cosa que agradezco ya que dudo mucho que sea capaz de mantenerme en pie yo solita. Todavía con la respiración entrecortada me giro entre sus brazos quedando frente a él, nuestras miradas se enganchan como siempre ocurre y sin quererlo mi corazón se sincera con él, y no puedo evitar decirle en un susurro.

—Te amo.

❧Capítulo 12❧

Un viaje inesperado

Pego un bote en la cama cuando el sonido de un teléfono suena al lado de mi cabeza. ¡¿Pero a quién narices se le ocurre colocar un teléfono en la mesita de noche?! No he sido la única que ha saltado de la cama, Jason se ha sobresaltado tanto como yo, le observo hablar con quién sea que le ha llamado a las… No tengo ni idea de qué hora puede ser, miro el reloj de mi muñeca y me sorprendo más todavía, tiene que ser importante si le llaman el día de año nuevo a las ocho de la mañana. Mi hombre se pasea desnudo de un lado para otro de la habitación, sea quien sea le está enfadando por momentos, pero a mí me está regalando un espectáculo difícil de pasar por alto. Me relamo los labios justo en el momento en que se gira hacia mí, y nuestro pequeño amiguito reacciona automáticamente a mi gesto, pero Jason solo me guiña un ojo y se gira para continuar con su conversación. Me asusto cuando nada más colgar pega un puñetazo a la pared, al ser de ladrillo se ha raspado todos los nudillos, me acerco deprisa para evaluar los daños, le siento en la cama y voy al baño a por el botiquín, cuando tengo desinfectada la herida le pregunto.

—¿Estás bien?, ¿qué ha pasado?

—Era mi madre.

—Y eso te hace dar puñetazos a las paredes, ¿por qué…?

Espero que me conteste. Me mira apenado, ¡vaya!, algo gordo tiene que ser si tiene que pensar qué decirme.

—Es mi padre, —suspira antes de continuar— ha sufrido un ictus esta noche, y mi madre y cito textualmente sus palabras: «requiere mi presencia *ipso facto*».

Me pongo en pie de golpe, voy al vestidor a buscar algo más cómodo que mi vestido de anoche para ponerme. Estoy concentrada buscando cuando Jason me coge de la cintura.

—¿Qué haces, princesa?

—Buscar algo decente que ponerme que no sea un vestido de noche.

—¿Y se puede saber para qué?

—¡¿Cómo que para qué?!, — le grito— pues para ir a mi apartamento a hacer la maleta— me mira interrogante—. Nos hemos levantado espesitos, ¡eh! Me voy contigo, Jason, y no me vale que repliques, soy tu prometida, y tengo que estar a tu lado en todos los momentos, los buenos y los malos.

La sonrisa de Jason al escucharme podría alumbrar la noche más oscura. Se acerca a mí, me alza y dando vueltas por el vestidor como si estuviéramos en una comedia romántica, me besa, y ya he dicho más de una vez que esta forma de besar debería estar prohibida. Cuando se separa de mí para coger aire deja que mi cuerpo resbale por el suyo, ¡genial!, ahora no podré apartar las manos de él.

— Eres increíble, y el escucharte decir que eres mi prometida me ha hecho el hombre más feliz del mundo. Está bien, vayámonos a Londres, no es la forma en que quería que conocieras mi pasado, pero las cosas siempre pasan por algo.

Una vez en el aeropuerto de Londres mis nervios aumentan, voy a conocer a su familia, ¡ay dios! ¿Y si no les gusto, y si creen que no soy suficiente para él? Me dejó claro que tiene un pasado y estoy asustada, aterrorizada más bien por lo que me pueda encontrar. Cuando salimos de la terminal y Jason me dirige hacia un Rolls-Royce negro, me quedo pasmada. ¿Quién es este hombre, acaso me he teletransportado a una película antigua sin enterarme? Coge mi mano con fuerza, creo que intuye que como no me sujete fuerte me doy la vuelta y cojo el primer vuelo que salga hacia casa. Inspiro y expiro intentando relajarme, cuando soy capaz de moverme continuamos nuestro camino hacia el coche en el cual encontramos a un hombre perfectamente uniformado esperándonos.

—Buenas tardes *Sir* Blake, *Miss*— nos saluda haciendo una reverencia con la gorra de conductor que lleva puesta.

Vale, decidido, todo esto me supera. Jason ha comenzado a acariciarme el interior de la muñeca, lo que no sabe es que está logrando el efecto contrario al que quiere, ¡estoy para que me encierren! He pasado del pánico a la excitación solo con unas leves caricias, para dejar de pensar en arrancarle la ropa y tumbarle en la, seguramente carísima, tapicería del coche delante de alguien que ni siquiera conozco, me centro en mirar por la ventana. En cuanto me fijo en el tipo de casas y tiendas que hay deduzco que no es precisamente un barrio pobre, ni siquiera uno medio. Doy un cabezazo contra el cristal, siento que no conozco de nada a la persona que tengo sentada a mi lado, me voy a casar con un auténtico desconocido. Me siento dolida, engañada, y la punzada de dolor que comienza a abrirse hueco en mi corazón me avisa de que esto va a doler, y mucho.

— ¿A dónde vamos? — me atrevo a preguntar pasado un tiempo.

Jason me mira, y suspira, me vuelve a mirar, no sabe por dónde empezar. Ni que la respuesta fuera tan difícil, ¡joder, ¿tanto me ha ocultado en todo este tiempo?

—Nos dirigimos hacia Kensington, — me mira calibrando mi reacción— la casa familiar está en esa zona. Sé que tengo que explicarte muchas cosas pero por favor no huyas de mí ahora, escucha toda mi versión primero.

—Está bien, — le respondo al fin— esperaré a que me cuentes quién eres en realidad.

Al llegar a una verja negra, nuestro conductor aprieta un botón en la pantalla central del coche que hace que las verjas se abran. Ante mí no hay una casa cualquiera, es una mansión, una casa de estilo antiguo, no tengo ni idea de arquitectura, solo puedo decir que simplemente es impresionante. Si Bea viera esto pensaría que soy la próxima reina del país.

—¡Guau…!

—Bienvenida a mi pasado, princesa.

En la entrada hay una señora esperándonos, y su cara me resulta familiar, según me voy acercando mi mente hace clic. Ya sé dónde la he visto antes, era la señora que me miró con desprecio y asco el día que salí a hurtadillas de casa de Jason, espero que no me reconozca.

— Vaya querido, no pensé que vinieras acompañado.

Me repasa de arriba abajo, minuciosamente sin saltarse ni un solo detalle, no le gusta nada lo que está viendo y su mohín de asco me lo está dejando claro. De pronto su cara cambia a una de total asombro, me miro intentado encontrar el motivo de su sorpresa, que me queda claro en cuanto coge mi mano con furia y examina mi anillo de compromiso. Miro a Jason de reojo, está de brazos cruzados a mi lado, como si esperara lo que se nos viene encima, pero le diera igual.

—Como ves, madre, no vengo acompañado de cualquiera, sino de mi prometida, Carolina. Carol, te presento a mi madre Margaret Blake.

—Duquesa, Margaret Blake —le interrumpe con altanería—. Aunque a ti no te importe, el título es importante querido. Pasad, por favor, qué descortesía de mi parte.

Si por fuera es impresionante por dentro te deja boqueando como un pez fuera del agua, me saca de mi ensoñación una chica menudita que espera a nuestro lado.

—Permítame, *miss*.

No sé a lo que se refiere hasta que me señala mi equipaje con la mano con una sonrisilla en los labios. Ya me cae bien esta chica y la acabo de conocer, a diferencia de otras.

—Acompáñala a su habitación. Jason, me gustaría reunirme contigo de inmediato si no te importa.

Me mira interrogante, no sabe si dejarme sola pero a pesar de estar asustada le doy un pequeño beso en los labios susurrándole un «ve, estaré bien».

El desagrado con el que me mira la señora cuando se lo lleva de mi lado me deja mal sabor de boca, creo que a esta mujer no le gusto ni una pizca, y la relación que mantengo con su hijo menos todavía.

—Acompáñeme, *miss*, si es tan amable.

—Tutéame, por favor, todo esto es demasiado para mí, así que llámame Carol.

—Ya te acostumbrarás, pero si te hace sentir mejor, mi nombre es Caitlyn, para cualquier cosa que necesites, cuenta conmigo.

Siento que ya me he ganado una aliada en esta jungla, porque presiento que mi suegra no me lo va a poner nada fácil.

Cuando llegamos a la habitación de Jason, es tan opulenta como el resto de la casa, la mejor *suite* del mejor hotel del mundo no tendría nada que envidiarle. Tiene una antesala presidida por un sofá de cuero blanco estilo antiguo, en un lateral hay una barra con toda clase de bebidas, y enfrente del sofá, el capricho de todo hombre, una gran televisión de plasma, en el extremo contrario hay un pequeño escritorio con un iMac, vaya eso sí que me da envidia. Detrás del sofá hay unas enormes puertas dobles que me imagino que dan al dormitorio, cuando las abro me encuentro con una enorme cama *king size* en madera. Todo está decorado en el mismo estilo, tipo siglo XVI, a pesar de saber que es la habitación de Jason, no encuentro nada suyo aquí, ningún sello personal, y me da un poco de pena, qué clase de infancia habrá tenido…

—Te dejo sola para que te acomodes, cualquier cosa no dudes en pedírmela, ¿vale?

Lo mejor para relajarme será un baño porque llevo media hora de pie en medio de la habitación con miedo de tocar cualquier cosa. Sí, decidido que me voy a relajar con una ducha de agua caliente, el baño también es increíble, pero no quiero fijarme en más detalles porque tengo unas ganas locas de volver a casa, meterme en la cama, y no salir de allí durante semanas.

No sé cuánto llevo debajo del agua, pero me siento tan bien, tan relajada, que me sobresalto cuando unas manos agarran mi cintura.

—Hola, princesa, no sabes cuánto te he echado de menos.

Me giro entre sus brazos y le miro a los ojos.

—Lo sé, sé que te debo muchas, demasiadas explicaciones pero ahora mismo lo único que me importa es tenerte entre mis brazos.

Enredo mis piernas en su cintura cuando noto que me eleva y sin más me penetra, se mantiene quieto un tiempo dentro de mí, como si ahora estuviera en paz, como si me necesitara para seguir con lo que sea que le preocupa. Cuando engancha su mirada a la mía veo todo un cúmulo de emociones: miedo, arrepentimiento, dudas, pero sobre todo amor, y con eso me vale, mientras note que me quiere aquí estaré, me he enamorado de quién es, no de quién fue en el pasado. Enredo mis manos en su pelo y muevo mis caderas instándole a que continúe, aunque la postura no es cómoda, me hace el amor despacio, bebiéndose todos mis gemidos, y cuando llegamos al clímax me baja con cuidado, comprueba que mantengo el equilibrio para comenzar a enjabonarme el cuerpo. Cuando termina me aclara y me envuelve en una toalla, yo me dejo hacer, cuando termina me abraza muy fuerte, como si necesitara sentirme entre sus brazos, piel con piel.

—Esta noche cenamos con mi madre.

Suspiro antes de contestarle, como no puedo negarme, me mentalizo para la velada que me espera, esa mujer me odia, y esta cena no augura nada bueno, en fin, vamos a intentar limar asperezas con mi futura suegra.

Me rizo el pelo para dejarlo suelto. Por suerte he traído algo de ropa formal, menos mal que siempre echo de todo en la maleta. Me pongo una falda de tubo negra con una blusa blanca y unos tacones negros, parece que voy a la oficina pero no quiero que me coja más manía y no me atrevo a ponerme algo más sugerente, no queremos que la duquesa se nos escandalice. Estoy maquillándome cuando llaman a la puerta, es Caitlyn, necesitan a Jason abajo.

—Te espero abajo— me da un beso y antes de girarse para salir me guiña un ojo. —Por cierto, estás preciosa.

Termino de maquillarme y cuando salgo a la antesala pego un bote al ver a alguien esperándome.

—¡Caitlyn!, ¡qué susto me has dado!

—Lo siento, Carol, pero me imaginé que no querrías bajar sola. Por cierto, estás muy guapa, y aunque no lo creas has acertado de pleno.

Intento tranquilizarme mientras bajo las escaleras, pero a mitad de camino me quedo pegada en el sitio, la imagen que tengo delante me ha partido un poco el corazón. Jason tiene entre sus brazos, a aquella morena que besaba la noche en que me dejo plantada, él no me ve, pero ella sí, y por la sonrisa de suficiencia que me echa, sé que ya tengo dos enemigas en esta casa. Cuando el abrazo se alarga más de lo necesario, y la morena comienza a acariciarle, carraspeo para llamar la atención, sonrío para mí misma cuando Jason la suelta de golpe y se acerca a cogerme la mano para ayudarme a bajar el resto de escalones.

—A mi madre ya la conoces, y ella es Rachel Clark, una amiga de la familia, Rachel te presento a mi prometida, Carolina Sánchez.

—Oh, cielo, fui algo más que una amiga de la familia— dice con maldad.

—Déjalo, Rachel— la interrumpe Jason.

Nos miramos la una a la otra, es preciosa, y el ajustado vestido negro que lleva deja a la vista un cuerpo espectacular. Dejamos de estudiarnos cuando un hombre nos indica que ya podemos pasar a sentarnos. Estoy completamente cohibida, nunca me faltó de nada pero tanta opulencia, tanto protocolo y saber estar va a acabar con mis nervios, también influye las miradas de ira de cierta mujer. Nos sientan en una mesa enorme, no sabría decir para cuántas personas, y cada uno ocupa su lugar, mi suegra presidiendo la mesa, a su derecha Jason, conmigo a su lado, y Rachel a su izquierda. Cenamos en el más absoluto silencio para nada cómodo, se nota la tensión en el ambiente.

—Dime, Carolina, ¿cómo os conocisteis?— Rachel se atreve a romper el silencio.

—En el trabajo — contesta Jason incluso antes de que pronuncie la primera sílaba.

—¿Trabajo?, ¿tú?— Rachel no da crédito a lo que escucha por la cara que pone.

La cena pasa sin más contratiempos que las miraditas de la morena a mi prometido, respiro tranquila, nos acercamos todos a la puerta para despedir a Rachel y ella directamente se echa en los brazos de Jason. No me doy cuenta de que estoy mirando la escena absorta hasta que mi suegra me saca de mis pensamientos.

—Hacen una pareja divina, ¿no crees?, están destinados a estar juntos— me mira con desprecio antes de continuar. —Tú simplemente eres un mero entretenimiento, alguien con quién desfogarse antes de unirse a la mujer destinada para él.

Y con esas palabras de cariño se va a despedirse, las veo cuchichear, y sé que nada bueno pueden estar tramando. Jason coge mi mano y nos vamos escaleras arriba supongo que a nuestra habitación. Echo una última mirada a mis espaldas y veo a las dos arpías mirándome con cara de odio. Ya en nuestra habitación Jason me sienta en el sofá, me mira, suspira, y abre la boca para volverla a cerrar al no saber cómo empezar.

—Siempre por el principio, tesoro— ¡y me sonríe!, la primera sonrisa sincera que le veo desde que entramos en esta casa.

—Por eso me encantas, siempre sabes sacar lo mejor de mí. A ver, como has podido comprobar Rachel es una amiga de la familia, pero también— coge aire antes de continuar— fue mi prometida.

Me levanto de golpe y comienzo a dar vueltas por la habitación. Novia, sí lo esperaba pero, ¿prometida?

—¡Claro!, por eso la besabas aquel día.

—Espera, espera un momento, ¿de qué día hablas?— me mira desconcertado.

—Nunca llegamos a hablar de lo qué pasó para que yo volviera con Rober, ¿verdad?

—No, princesa, pero no sé qué tiene eso que ver ahora.

—¡Todo!— le grito, inmediatamente respiro hondo para tranquilizarme antes de continuar— ¿te acuerdas de aquella cena en la que me plantaste cinco minutos antes de la hora?

—Mi madre y Rachel se presentaron en mi casa sin avisar, no puede hacer otra cosa.

—Yo salí a cenar con Bea, y por cosas del destino, te vimos cuando salimos del restaurante, justo en el momento en que estabais en pleno beso.

—Ella me beso a mí, no fue intencionado— se excusa.

—Yo interpreté otra cosa, cielo. Estaba dolida, — me siento de nuevo a su lado— cuando llegue a casa hecha un mar de lágrimas pensando que eras como todos los demás, Rober estaba esperándome y bueno… El resto ya lo sabes.

—Dejemos el pasado atrás, — me dice dándome un beso en los labios— lo importante es que ahora estamos juntos. Volviendo al tema principal, Rachel fue mi prometida, pero no por voluntad propia, fue casi una obligación anunciar nuestro compromiso. Cuando me di cuenta de que era un error, ya que yo le guardo más asco que amor, renuncié a todo y me fui a Madrid. Acababa de llegar cuando te conocí, esa noche en el *pub* estaba de celebración, pero te vi y me volviste loco, y como has dicho tú antes… El resto ya lo sabes. Te amo, princesa, y eso nadie podrá cambiarlo nunca.

Me lanzo a sus brazos y lo beso con todo lo que siento por él. El beso que era tierno en un principio se vuelve fuego, nuestros cuerpos se reclaman, se necesitan, y así pegados el uno al otro nos levantamos para dirigirnos a la cama. Sin separar nuestros labios vamos quitándonos la ropa. Según caemos en el colchón Jason comienza a hacerme el amor con suavidad, me susurra un «te amo», mientras venera mi cuerpo y mi alma con cada caricia, con cada beso, demostrando que esto que tenemos es lo único que importa, el presente, nuestro presente, y que juntos podremos con todo o por lo menos lo intentaremos.

᠙Capítulo 13᠙

Las malas noticias nunca vienen solas

Ya estamos a día de reyes. Llevamos aquí cinco largos y aburridísimos días. Jason se pasa todo el día en la empresa de su padre o en el hospital, por lo que le veo solo por las noches. Cuando llega siempre me necesita, dice que la única forma de mantenerse cuerdo es estar dentro de mí y yo como buena futura mujer comparto con él todo lo que puedo, porque le quiero y si él está bien todo lo demás también. Ya no salgo de la habitación, tras la primera cena y el desayuno del día siguiente con las miradas de odio que mi suegra me regaló tengo para toda una vida. Me queda claro que la estorbo cuando Jason aprovecha el único momento que tiene libre para llevarme de compras y ella se dedica a molestarnos con llamadas insistentes e inútiles cada cinco minutos exactos. Aunque lo peor de todo fue llegar a la mansión después de cancelar nuestra tarde juntos y encontrarme con que mi queridísima amiga Rachel se había instalado en la casa porque mi suegra estaba, según ella claro está, en estado de depresión severa y necesitaba que su encantadora nuera, porque tenía la poca decencia de llamarla así, solo cuando yo pudiera oírla, estuviera a su lado en estos momentos tan duros. Jason no se daba cuenta de nada, no tenía tiempo ni de respirar, pero le había ordenado a Caitlyn que cuidara únicamente de mí, y que si su madre tenía algún problema con eso que le llamara inmediatamente. Así que dentro de mi reclusión estaba bastante bien, la habitación de Jason tenía absolutamente todo lo que pudiera necesitar. Creo que es incluso más grande que mi apartamento. Cuando mi nueva amiga termina su turno siempre me dedica su tiempo libre, ya sea para acomodarse conmigo en el sofá y tener nuestra sesión de películas de lágrima fácil, o para irnos a mi nuevo descubrimiento de esta enorme casa. ¡Un gimnasio!, cuando Jason me sugirió que podía utilizarlo aluciné, no sabía ni que tenían uno, y mi hombre tan atento como siempre contrato a una profesora de zumba para que nos hiciera sudar la gota gorda el tiempo que quisiéramos, pero después de varios días haciendo lo mismo tengo ganas de cambiar mi rutina. Estoy tirada en el sofá con el *eBook* en la mano leyendo tranquilamente cuando el sonido de una llamada de Skype me saca de la historia. Cuando veo que es de mi Bea corro a contestar.

—Hola, hola, ¿cómo está la cosa más bonita de Londres?

—Aburrida como una ostra, tengo ganas de volver y no sé cuándo va a ser eso. Os echo de menos. ¿Cómo está cris?, ¿y las pequeñas?, ¿y mi peludito?— le pregunto todo casi sin respirar y termino haciendo un puchero.

—¡Hey, hey, más despacio, princesa, no me agobies!— la oigo llamar a Nerón, cuando mi peludito aparece en pantalla me pongo a hablar con él, me mira como decidiendo si me falta un tornillo, ladeando su cabecita me contesta con un ladrido, pega un lametón a la pantalla y se aleja— Creo que él también te echa de menos—me dice Bea riendo.

—Y yo, a todos. Esto durante el día es un aburrimiento, por la tarde con Caitlyn se me pasa más ameno, y la noches con mi amor son las mejores.

—¡Anda, anda, perraca, será que no disfrutas!

—No mucho, la verdad. Mi suegra me odia y ha metido a *miss perfect lady* en la casa y yo me paso el día aquí metida sin poder hacer nada.

—Estás ahí apoyando a tu hombre. Marca territorio, princesa. Además la *suite* no tiene mala pinta, es como un hotel de lujo.

—Tienes razón, pero bueno cuéntame tú, ¿qué tal van las cosas por allí?

—Pues… Yo te llamaba para decirte que tenemos que organizar las bodas, las tres bodas…

—Sí, ya lo sé. Espera, espera, ¡¿tres?! ¿Es en serio?— levanta la mano para que lo vea, y ahí está el anillo. Me pongo a saltar y a gritar por toda la habitación como una loca.

—¡Para, para!— me grita Bea partiéndose de risa.

—¡Cuéntamelo todo, con todos los detalles!

—¿Todo, todo?

—No, esos detalles no me hacen falta, ¡pervertida!, te puedo jurar que en ese tema estoy bien servida. Me interesa el cómo lo hizo más que el cómo lo celebrasteis.

—Está bien, está bien.— la veo suspirar, y como sus ojos se humedecen de recordarlo— Cuando desperté estaba sola en la cama, pero Eric no tardó en aparecer con la bandeja del desayuno, con un mini roscón de reyes relleno de crema, ya sabes que me vuelven loca los dulces. Después de comérnoslo todo me di cuenta que en lo que era el centro del roscón había una caja de cartón dorada, me imaginé que era alguna sorpresa del dulce, pero cuando levante la tapa, dentro había una de terciopelo azul marino y cuando mire a Eric estaba de rodillas en el suelo después de hacerme la declaración más bonita del mundo, que me la voy a quedar para mi solita. No, no me mires así, me dijo cosas que son nuestras nada más. Después de eso solo pude tirarme a sus brazos sin dudarlo, por lo que tenemos que organizar no una, ni dos sino ¡tres bodas! ¿Te das cuenta que nos vamos a casar casi a la vez? ¿Crees que quedaría muy friki que las celebráramos juntas?

—Sí me doy cuenta y sí quedaría muy friki y hortera— le digo con lágrimas en los ojos.

—¡Hey, princesa!, ¿qué pasa?

—Es todo en general, cielo, me alegro tanto por nosotras. Por fin, tenemos unos buenos hombres que están locos por nosotras, pero yo ahora no tengo la situación fácil—suspiro. —Mi suegra me odia, y me ha metido a la exprometida de Jason en casa. Todo esto me supera y siento que mi felicidad pende de un hilo, es una sensación completamente desagradable te lo aseguro.

—¿Has hablado con Jason de esto?

—Bastante tiene con lo de su padre como para añadirle más.

—¿Dudas de sus sentimientos hacia ti?

—No, eso lo tengo claro. Cuando está conmigo soy su prioridad, eso no lo dudo, pero hay tanta tensión, tanta rabia, tanto desprecio en esta casa, que todas esas malas sensaciones me están calando dentro.

De pronto se abre la puerta de la habitación y entra un Jason cabizbajo.

—Bea, cielo, tengo que dejarte. Jason está aquí y creo que las noticias no son buenas.

Cierro el Skype sin decirle nada más. Me acerco a Jason despacio, se ha dejado caer en el sofá y tiene ambos brazos sobre los ojos, me siento en su regazo, cuando lo nota retira los brazos y me mira, hay dolor en su mirada.

—Mi padre acaba de morir, princesa— me susurra con la voz rota.

—Lo siento muchísimo, amor.

Como no sé qué más decirle, me abrazo a él y permanecemos así hasta que me informa con voz cansada.

—Mañana es el funeral, el abogado de la familia se está encargando de todo.

Cuando me despierto al día siguiente, me doy cuenta de que he dormido sola. Jason sigue en el sofá, como si fuera una estatua. Preparo nuestras ropas y voy a buscarle, le llevo hasta el baño de la mano, no protesta, se deja hacer, nos meto debajo del chorro de agua caliente, y con cariño le voy lavando el pelo, y el cuerpo, hago lo mismo conmigo rápidamente para no perder tiempo. Al salir, le seco con el mismo mimo, le dirijo al vestidor, le siento en el sillón que hay dentro mientras yo me preparo rápidamente antes de pasar a vestirlo a él, cuando termino de anudarle la corbata, parece que por fin reacciona y me mira con tanto amor que me recrimino el haber dudado de él.

—Eres jodidamente especial, princesa, me alegro de haberte conocido y de que me hayas permitido estar en tu vida.

Me pongo de puntillas para darle un ligero beso en los labios pero él tiene otros planes. Me atrapa entre sus brazos y me pega a la pared aumentando el ritmo del beso y como siempre nuestros cuerpos toman el control, reconociéndose, y pidiendo más. Unos leves golpes en la puerta nos sacan de nuestra burbuja de lujuria.

—¡Joder!, es tocarte y volverme loco. Estás preciosa, incluso con este color tan apagado.

Cuando Jason va a abrir la puerta a quién sea que nos haya interrumpido, me miro en el espejo y me recojo el pelo en un moño alto mientras examino mi atuendo, llevo un vestido de cuello barco en un gris oscuro, que no me favorece en nada y unos zapatos negros de tacón. Espero que mi suegra no desapruebe mi vestimenta de hoy, mi reflejo me devuelve la imagen de mí misma con la ceja alzada, esta mujer es capaz de estar más pendiente de criticarme que del entierro de su marido.

Una vez abajo, las veo esperando en el *hall* y no me equivocaba, después de repasarme minuciosamente ambas me miran con desprecio, cierto es, que ellas parecen clones, ambas con vestidos negros, un recogido muy señorial, y un pequeño sombrero con velo, todo de riguroso negro, la única diferencia entre ellas son los zapatos, Rachel lleva unos tacones de infarto que estilizan su figura, mientras que mi suegra lleva unos zapatos de poco tacón. Cuando aparece Jason para decirnos que el coche nos espera, ambas cambian sus caras en cuestión de microsegundos, plantando una sonrisa triste, pero completamente falsa.

Cuando llegamos a la iglesia, Saint Mary Abbots, me informa Jason, está abarrotada de gente y de periodistas. ¡Madre mía!, no tienen respeto ni por un funeral, las dos marías, ponen cara de tristeza y se limpian lágrimas imaginarias con un pañuelo blanco impoluto, ¡vaya dos! Jason me coge de la cintura dirigiéndonos directamente al interior sin prestarle atención a nadie, pero aun así oigo las preguntas de toda esa gente, se preguntan quién soy yo, y por qué Jason no está con su madre y Rachel. Justo antes de entrar nos encontramos con Eric y Bea, me lanzo a los brazos de mi amiga sin dudarlo, ¡cuánto la he echado de menos!

Durante todo el funeral Jason no ha soltado mi mano en ningún momento, mi suegra incluso se ha desmayado, siendo el centro de atención de todos los asistentes, pero ni aun así ha conseguido que Jason se aparte de mi lado. Después de que se recuperara del vahído casi milagrosamente y al ver que no ha cumplido su cometido, me mira como si quisiera matarme, lo único que ha hecho durante todo el funeral ha sido fingir llorar, desmayarse e intentar atraer la atención de Jason para llevarlo a su lado. Vamos todo lo contrario a lo que haría cualquier esposa devota y rota de dolor.

Una vez todo ha acabado quedamos en ir a comer juntos para pasar un rato agradable y que Jason desconecte un poco de todo, no hemos dado ni dos paso cuando su madre nos interrumpe.

—Jason, querido.

—Dime, madre.

—Encantada de verte de nuevo, Eric. ¿Dónde vas ahora, querido?

—Ha tener una agradable comida entre amigos.

—Hay muchas cosas por hacer.

—Madre, acabamos de enterrar a mi padre, tengamos la fiesta en paz, por favor.

Jason se gira y se aleja, mi suegra tiene la osadía de mirar a Bea de arriba abajo, cuando termina la inspección sonríe irónica y susurra.

—Cortadas por el mismo patrón, qué ordinarias— suelta la señora sin cortarse un pelo.

Eric sujeta a Bea a tiempo, porque tenía toda la intención de saltar encima de la encantadora mujer y seguramente arrancarle el moño de cuajo.

—Margaret, le rogaría que tuviera más respeto por mi prometida.

Suelta un pequeño bufido y se gira toda digna dirigiéndose hacia Rachel que mientras la espera no deja de comerse con la mirada a Eric. ¡Menuda lagartona!, no tiene suficiente con uno que quiere a los dos.

—¿Esto es lo que has tenido que aguantar estos días?— cuando afirmo con la cabeza, refunfuña— Ahora te entiendo, yo las hubiera matado a ambas en la primera media hora.

Una vez en el restaurante pasamos una velada entre risas y charla amena. Jason a la tercera llamada de su madre apaga el teléfono, está desconectando de todo, y le entiendo, lleva una semana sin parar, ocupándose de un millón de cosas. Le observo tranquilamente viendo que de nuevo tiene ese brillo en la mirada que me hipnotiza, no hay nada mejor que estar rodeado de amigos. Me saca de mi ensoñación la siguiente frase de mi chico.

—Necesito que acompañéis a Carol a mi casa en Madrid y que cuidéis de ella en mi ausencia.

—¿Cómo?— le digo enfadada— ¡Yo no pienso irme de aquí sin ti!

—Princesa, no sé cuánto tiempo me va a llevar poner en orden todos los asuntos de mi padre y encontrar a alguien que se haga cargo de la empresa. Prometo que iré a Madrid todos los fines de semana.

—¡No!— me enfurruño como si fuera una niña, cruzo mis brazos y le miro con una ceja enarcada, retándole a que me contradiga de nuevo—.

—Carol, — me llama Eric— esta vez tengo que darle la razón a mi amigo. Él va a estar muy ocupado, y sinceramente yo ya te necesito en el local, mi despacho vuelve a ser un caos sin ti.

Les miro uno por uno, ¿¡pero bueno, todos piensan igual!? Me levanto y voy al baño necesito relajarme antes de soltar por mi boquita cosas de las que luego me pueda arrepentir. Estoy echándome agua fría en la cara cuando un reflejo en el espejo llama mi atención, es mi anillo... ¿Cómo me puedo ir dejando aquí a Jason con ese par de arpías

153

en casa?, ¿puedo confiar en él? Me quedo absorta mirando el anillo pensando en todas las posibilidades que esta separación puede conllevar.

—Sé lo qué piensas, Carol.

—¡Mierda, qué susto me has dado!

—Ya, ya pero no intentes distraerme que esta vez no te va a funcionar, princesa. Tienes que confiar en él, darle ese voto de confianza, desde que estáis juntos parecéis pegados con pegamento, y esto os va a venir bien a los dos.

—¿Y si le pierdo?

—Confianza, Carol. Él te ama, te lo demuestra cada vez que te mira, además ha dicho que va a ir a Madrid todos los *findes*…

—Está bien— claudico con un nudo en el estómago que me avisa de nada bueno, y eso que no soy supersticiosa.

El vuelo sale esa misma tarde, por lo que no puedo ni pasar mi última noche con él. Mientras hago mi maleta las lágrimas me acompañan, Caitlyn me está ayudando, a la vez que intenta tranquilizarme diciéndome que ella mantendrá un ojo en esas arpías para que no tramen nada malo y que si lo hicieran ella me llamaría para que volviera a recordarles que ¡es mío! Una vez montada en el coche miro la enorme mansión, y las veo a las dos súper sonrientes diciéndome adiós meneando los dedos con burla, y realmente espero que podamos con esto.

Ya en el aeropuerto Jason no quiere soltarme me abraza con tanta fuerza que me está cortando la respiración.

—Amor, el viernes está a la vuelta de la esquina, cuando te quieras dar cuenta estamos juntos otra vez.

—No puedo soltarte, tengo la sensación de que si lo hago no volverás a estar entre mis brazos.

—Todo va a salir bien— le digo para convencerlo a él pero también a mí misma.

Nos fundimos en un beso cargado de amor pero también de todos nuestros miedos, es un beso suave, un beso de hasta pronto, que a mí me sabe a un beso de adiós, y el nudo en mi estómago se acentúa.

—Llámame en cuanto llegues, por favor, y ve a mi casa, porque también va a ser la tuya pronto.

—Qué sí, no te preocupes por nada, además me has puesto dos niñeras estupendas.

—El que mejor va a cuidar de ti va a ser Nerón, tiene que estar como loco por verte. Mándame una foto de las gemelas cuando vayas a por el peludito.

Me vuelve a besar pero esta vez más ligero. Nos cuesta separarnos pero ya han llamado por última vez a los pasajeros de mi vuelo. Cuando me giro, lo hago guiñándole un ojo y le tiro un beso, repitiéndome mentalmente una y otra vez que todo va a salir bien.

Una vez en Madrid nos recoge Alex, de camino a su casa nos cuenta que las gemelas crecen a pasos agigantados y que Cris no da abasto con las dos niñas, ya que él ha vuelto al trabajo. Nada más llegar cuando Nerón me ve bajar del coche viene a mí con tanta fuerza que me tira al suelo. No deja de lamerme entera y yo se lo agradezco, porque necesito mimos y el animal parece notarlo. Cris nos invita a cenar pero rechazo la invitación alegando que estoy agotada de tanto trajín de estos días y que necesito descansar. Según entro al ático de Jason las lágrimas

155

acuden a mis ojos de golpe. Solo hace unas horas que estamos separados y ya le echo de menos, he creado tanta dependencia de él que puede que Bea tenga razón y que esto nos venga bien, pero solo puede. Como estoy agotada me dirijo directamente a la cama, pero no consigo cerrar los ojos, la cama se siente enorme y fría sin él, por más que lo intento no puedo dormir. Cojo el móvil y veo un millón de llamadas perdidas suyas, ¡se me olvidó llamarle! Vaya desastre estoy hecha, he estado tan ensimismada en regodearme en mi miseria por estar sin él que no me he dado cuenta ni de llamarle. Cuando miro el reloj me sorprendo, ¡si son las tres de la mañana!, llevo horas dando vueltas en la cama, le envío un mensaje por si ya está dormido.

> *«Cielo, se me olvidó llamarte, estaba tan concentrada en no echarte de menos que se me pasó. Ahora estoy en nuestra casa, y la cama es enorme sin ti. Te echo de menos. Te quiero.»*

A los cinco segundos me llama por *videollamada*, bien pensado, yo también necesito verle.

—Hola, princesa— solo con escuchar su voz me tranquilizo.

—Hola, tesoro, ¿no puedes dormir?

—Me faltas tú, es imposible que logre dormirme sin el calor de tu cuerpo a mi lado.

—Pero es tarde y seguro que a primera hora de la mañana tienes que hacer un millón de cosas.

—Tienes razón pero te necesito a mi lado, ahora me arrepiento de haberte echo regresar a casa.

—Cielo, no podemos ser tan dependientes el uno del otro. Bea tiene razón, nos vendrá bien estar unos días separados, además ya es miércoles, en dos días me tienes entre tus brazos.

—Tienes razón, ¿qué te parece si dormimos juntos?– le miro enarcando un ceja, pidiéndole que se explique– Sí, dejamos la *videollamada* conectada, coloca el móvil en la almohada a tu lado. Así casi, casi es como si estuviéramos juntos. A falta de otra cosa mejor, por probar no perdemos nada.

Sonrío como una idiota, mi hombre es perfecto, siempre pensando en mi bienestar. Coloco el móvil apoyándolo sobre el lateral de un libro para poder mirarle.

—Buenas noches, mi amor.

—Buenas noches, princesa, te amo.

Y sintiéndole tan cerca, aunque esté a miles de kilómetros, por fin mis ojos se cierran sin resistencia y me dejo caer en los brazos de Morfeo.

&Capítulo 14&

Primera decepción

Hoy es viernes pero estos dos días se me han hecho los más eternos de mi vida. He intentado mantenerme ocupada, por las mañanas me ocupo de mi nuevo trabajo con Eric y el grupo y las tardes me las paso paseando con Nerón, hasta que el pobre me mira pidiendo clemencia, aunque lo mejor de mi día son las noches, porque Jason aunque en la distancia duerme junto a mí. No sé a qué hora llegará su vuelo pero esta noche pienso sorprenderlo yo a él.

He preparado una cena liguera, una ensalada de pollo, que se puede comer fría, por si Jason al verme tiene otros planes. Esta tarde he ido de compras, he comprado un par de candelabros y un conjunto de ropa interior en mi tienda favorita y ya está todo preparado. El salón está tenuemente iluminado, solamente por ocho velas, y el conjunto, si se le puede llamar así, no deja mucho a la imaginación, ya que consiste en un culote de encaje negro y un collar de perlas largo, hasta el ombligo, sin por supuesto faltar los *manolos* que me regaló por navidad y ¡*voilà*! Todo preparado para sorprender a mi chico.

Las horas pasan, miro el reloj nerviosa, son las once de la noche, debería de haber llegado ya o por lo menos dar señales de vida. Le he llamado como un millón de veces y no me contesta al teléfono, y ya me estoy empezando a preocupar. Las velas se han consumido hasta la mitad y yo me he puesto una chaquetita por encima, no paro de dar vueltas por el apartamento, cerca de la cocina tropiezo y una puerta se abre. ¡Vaya, un pasadizo secreto!, me río yo sola de mi propio pensamiento, ya me parecía a mí que el apartamento de Jason no podía ser tan pequeño, y más después de ver su poder adquisitivo en Londres. Voy abriendo todas las puertas que me encuentro, tiene dos dormitorios más, un baño, un despacho, me impresiona que tenga incluso un gimnasio pero eso no es lo increíble, me quedo con la boca abierta cuando la descubro… ¡Tiene piscina y climatizada! No entiendo cómo no me había enseñado esto antes, que calladito se lo tenía, se lo pienso recriminar en cuanto le vea. Me tumbo en una tumbona de la piscina, hace calorcito, por lo que sin quererlo voy cerrando los ojos. Me sobresalto cuando escucho mi teléfono sonar, me he debido de quedar dormida, antes de contestar la llamada miro la hora, ya es de madrugada, espero que tenga una buena excusa.

—Hola, princesa.

—Hola, ¿dónde estás? ¡Llevo horas intentando localizarte!

—Lo sé, lo sé y créeme que lo siento. Estoy en Londres todavía.

Automáticamente mi ira se enciende y le cuelgo, me lo prometió. Prometió que los fines de semana serían nuestros, y no han pasado ni dos días y ya está faltando a su promesa. El teléfono vuelve a sonar, una y otra vez durante la siguiente hora y media, paso de él, no quiero escuchar sus patéticas excusas por muy buenas que sean.

Me doy un baño en la piscina, lo único que me quito son los tacones. Cansada de que el teléfono no pare de sonar, salgo de la piscina, rechazo la llamada y antes de que vuelva a sonar, le hago una *videollamada*.

—Amor, escúchame.

—No, cielito, — le digo todo lo irónica que puedo— me vas a escuchar tú a mí.

—¿Eso es mi piscina?

—Pensé que todo era nuestro, aunque contestando a tu pregunta, sí, es tu piscina y ahora volviendo a lo importante— recorro con el móvil todo mi cuerpo mojado, adornado solo con el collar y el culote, cuando miro la pantalla de nuevo, Jason está con la boca abierta, ¡bien, esa es la reacción que esperaba!, aunque no por *videollamada*— lo has visto bien, tesoro, pues así es cómo te estaba esperando. Tú te lo pierdes— y tras quedarme a gusto cuelgo, no quiero hablar más con él.

Me siento defraudada con él y conmigo misma. Le necesitaba aquí conmigo, le echo demasiado de menos, pero al parecer no es mutuo. Las lágrimas acuden a mis ojos y sin poder evitarlo rompo a llorar, al estar tan cabreada y dolida me niego a dormir en nuestra cama. Abro la puerta de una de las habitaciones y me tiro sobre la cama, el llanto me deja tan agotada que termino durmiéndome enseguida.

Cuando despierto tengo un dolor de cabeza impresionante, parece que esté de resaca. Me siento un poco desubicada, pero al momento todo viene a mi cabeza y se humedecen mis ojos de nuevo. ¡Vale ya, Carol!, me recrimino a mí misma. Me levanto y al pasar por el salón y ver toda la cena intacta suspiro derrotada, ojalá estuviera aquí. Paso de largo, no quiero pensar más. Una vez duchada y medio recompuesta me dirijo al local ya que es bien entrada la tarde, al parecer he dormido más de lo que pensaba. Esta noche hay concierto benéfico, todo el dinero de las entradas irá destinado a la lucha contra el cáncer infantil, por lo que quiero que todo esté perfectamente organizado.

Las horas pasan y la fiesta está en pleno apogeo, por lo que decido unirme, me quedo en la zona vip, porque el local está a tope. Me siento en la barra y voy pidiendo margarita tras margarita hasta perder la cuenta, noto una caricia en el brazo, al girarme me encuentro con uno de los guitarristas del grupo.

—Hola, preciosa.

—Hola— contesto seca, dejando claro las pocas ganas que tengo de compañía.

—¿Qué haces aquí tan solita?

—¿En serio eso te funciona, bonito?

—Puedo ser más directo— me dice con una sonrisa socarrona.

—Inténtalo.

—¿Qué te parece si tú y yo pasamos de toda esta chorrada de fiesta, nos vamos a mi casa, y me paso toda la noche follándote como un loco?

Pues sí, sí que podía ser más directo. Veo que Eric está detrás del susodicho y lo ha escuchado todo, parece que se ha tomado su trabajo de niñera muy en serio. Como sé que se lo contará todo a su amiguito me acerco todo lo seductora que el alcohol me permite y le susurro al pobre chico dejándole totalmente descolocado.

—Ojalá pudiera, rubito, pero no creo que a mi niñera le gustase— y le muerdo el lóbulo de la oreja.

Eric me está mirando con la boca abierta, no ha escuchado nada de lo que he dicho, pero he conseguido que parezca que estaba accediendo a irme con él. El chico se ha puesto como una moto ya que no me permite apartarme y me acerca a él de un tirón, justo cuando Eric se acerca a separarle de mí con ira.

—¡Te avisé, tío! Es la chica de Jason, cuando te vea te va a partir la cara y no pienso intervenir—le amenaza separándome de él.

—Joder, Eric, tronco, es que está *mu* buena, además tu colega no está aquí, y yo puedo calentar a esta preciosidad que lo está pidiendo a gritos.

—Lárgate si no quieres que sea yo el que te parta la cara.

Eric me mira con reproche, pero me da igual. Acabo mi copa de un trago y cuando le pido otra al camarero Eric le hace un gesto negativo con la cabeza.

—Princesa, tú y yo nos vamos a casa.

—¡Jo, no me seas aguafiestas! ¡Quiero bailar y beber!

—Ya es suficiente por hoy, Carol— me recrimina con seriedad.

Me enfurruño como una niña, últimamente lo hago mucho, es como si haberme quitado el lastre de Rober de mi vida, me permitiera ser yo misma antes de él de nuevo, aunque ahora no estoy segura si ha sido para bien.

161

Me he dormido en cuanto he sentado el culo en el coche, porque lo siguiente que noto es cómo me coge en brazos y me sube a casa, me tumba delicadamente sobre la cama me quita los tacones y me tapa con el edredón.

—Jason te quiere, princesa, no lo olvides. Buenas noches.

Eric me da un beso en la frente y se va y yo me permito caer en el mundo de los sueños. Cuando abrazo su almohada no está conmigo pero con su aroma, por esta noche, me es suficiente.

Me despiertan unos sutiles besos en mi espalda, me remuevo inquieta en la cama para que paren quiero dormir más, ahora son unas manos que me acarician suavemente haciéndome cosquillas, contesto con un gruñido, y me responde una risa ronca que reconocería en cualquier parte. Abro mis ojos de golpe y ahí está él, mi hombre tan guapo como siempre y mirándome con tanta adoración que me muero por echarme en sus brazos pero me viene a la mente que me ha dejado tirada y estoy cabreada con él. Así que le tiro la almohada a la cabeza, al hacerlo me doy cuenta de que estoy desnuda y me cubro con la sabana por instinto. ¡Dios, no recuerdo nada!, ¿en qué momento me quedé en pelotas?

—Buenos días, princesa—le miro con rencor, pero también con duda y una pregunta en la mirada que él contesta sin dudar. —Sí, amor, te he desnudado yo, la ropa parecía incómoda para dormir.

No le contesto, me levanto y me dirijo al baño, una vez duchada y algo más recompuesta salgo y me encuentro a Jason esperándome en la cama con una bandeja con el desayuno y una sonrisa en la cara. ¡No le mires!, me digo a mi misma. Voy a bajar por las escaleras pero él es más rápido y me atrapa entre su cuerpo y la pared.

—¿Vas a estar enfadada conmigo mucho tiempo?

Nuestras miradas se quedan fijas en la del otro, no le contesto, no quiero, me niego pero esos ojos me tienen loca no aparta su mirada… Estamos en plena lucha de titanes, tengo que aguantar, pero es tanta la intensidad con la que me mira que termino claudicando y cierro los míos primero. Noto cómo olisquea mi pelo, cómo me da ligeros besos en el cuello, está tan pegado a mí que noto cómo se está excitando, mi cuerpo traicionero responde a él sin dudarlo. Cuando acaricia mis piernas con cuidado llegando al punto donde se unen, mi mente desconecta, gimo cuando de un tirón rompe el pequeño tanga que le impide tocarme donde más lo necesito, y cuando lo hace ronronea.

—Siempre tan húmeda y dispuesta para mí.

Oigo cómo baja la cremallera de su pantalón, de golpe me eleva y yo instintivamente le abrazo con mis piernas, siento cómo se va introduciendo en mi interior lentamente, abro los ojos cuando le noto entero dentro de mí. Le agarro del pelo atrayéndole hacia mí para besarle, es en ese momento cuando nuestros cuerpos toman el control entregándose a una lucha por conseguir el premio final. Cuando llegamos al clímax, Jason nos conduce a la cama, se sienta sobre ella conmigo encima sin perder la conexión de nuestros cuerpos.

—Eres mía, princesa— me susurra.

—Aún estoy enfadada.

—El que debería estar enfadado soy yo, no entiendo qué haces tonteando con uno de los chicos del grupo.

—Eric es una chivata.

—No, cielo, Eric es un hermano para mí, solo está cuidando de lo que es mío en mi ausencia, y tu princesa, eres completamente mía.

Con esa última frase me tumba sobre el colchón y comienza a mecer sus caderas de nuevo, dejando así que nuestros cuerpos vuelvan a tomar el control de la situación.

Cuando me despierto estoy sola en la cama, ¿lo habré soñado todo? No, el ruido que proviene de la cocina me indica que tengo visita. Le veo subir por las escaleras, solo con un bóxer negro, el pelo despeinado y esa sonrisa que haría que cualquier mujer perdiera la cordura.

—Buenas tardes, dormilona.

—¿Qué hora es?

—Las cinco.

—Guau, pues sí que he dormido.

Entre caricias y besos, comemos juntos en la cama lo que ha preparado.

—Lo siento, princesa.

—Me lo prometiste, Jason, y solo has tardado dos días en romper tu promesa.

—Lo sé, amor, pero mi madre se puso enferma y la ingresaron en el hospital— le miro con las cejas alzadas, esa mujer es una víbora. —No fue nada grave, la tuvieron unas horas en observación y para casa.

—Ya… — no digo nada más, cómo puede haber gente tan mala en el mundo. Seguro que tenía a los médicos comprados solo para impedir que Jason viniera a Madrid.

—Me volví loco el viernes al verte y ayer cuando me llamó Eric y me contó lo qué pasó en el *pub*, lo empeoró todo. Directamente cogí el *jet* privado de la empresa y aquí me tienes.

—¿Cuándo tienes que irte?

—En unas horas— no lo puedo evitar y tras escuchar su respuesta comienzo a llorar.

—Hey, hey, princesa. Solo serán cinco días, te juro que aunque el infierno se desate sobre la tierra el viernes por la tarde me tienes aquí.

—Es, es, es que te echo demasiado de menos— consigo decirle entre hipidos.

—Igual que yo a ti, mi amor. Esta semana comienzo con las entrevistas para el puesto de director, es una selección fácil o por lo menos eso espero, se hace dentro del personal de la empresa, pero tenemos que valorar quién está mejor cualificado. Cuando te quieras dar cuenta estaré aquí contigo de vuelta y para siempre y ya no podrás deshacerte de mí.

Pasamos el resto de la tarde en la cama prodigándonos mimos el uno al otro, aprovechando hasta el último segundo juntos. Cuando le dejo en el aeropuerto no puedo evitar llorar de nuevo, cada vez que se va tengo la sensación de que será la última vez que lo vea. Sin poder evitarlo corro hacia él saltándome el control de seguridad. Cuando Jason oye el alboroto y se gira sorprendido, tiene el tiempo justo para cogerme entre sus brazos. Enredo mis dedos en su pelo y le beso con todo lo que siento, demostrándole en ese beso que le amo, que toda mi vida es él, que ya no podría vivir sin estar a su lado y él responde al beso con la misma ansia. No quiero soltarle, pero un guardia de seguridad me indica amablemente que tengo que salir de esa zona.

—Te amo, princesa— me dice antes de darme un último beso y girarse para darle a la azafata su billete, ya que el avión de la empresa tenía vuelos programados que no se podían cancelar.

El guardia de seguridad me guía amablemente a la salida, me sienta en un banco y me tiende una botella de agua y un pañuelo.

—Todo saldrá bien, señorita, lo que ese hombre contiene en los ojos cuando la mira es amor del bueno y, un amor tan intenso siempre termina con un final feliz.

El hombre se queda conmigo hasta que me tranquilizo y dándole las gracias por todo me dirijo de nuevo a nuestra casa.

Cuando llego, todo huele a él, le puedo sentir en cada rincón. Coloco un poco el desastre de estos días y me meto en la bañera, un baño relajante con sales de vainilla me vendrá bien. El sonido de mi móvil me saca de mi burbuja de relax, me enrollo una toalla alrededor y salgo corriendo a responder la llamada.

—Hola, cielo— le digo casi sin aliento.

—Hola, princesa, — me dice entre risas— ¿te pillo en mal momento?

—Estaba en la bañera y se me ha echado el tiempo encima.

—¡Joder!, espera un momento— me quedo asombrada cuando corta la llamada, pero enseguida me entra una *videollamada* y sonrío con picardía.— Me vuelves loco, el hecho de imaginarte desnuda hace que me la pongas dura, princesa, vamos a probar algo nuevo.

—¿No has tenido bastante hoy, cielo?— le digo atrevida.

—De ti nunca, ahora haz lo que yo te diga. Quítate esa toalla y túmbate en la cama— hago lo que me pide sin dudarlo. —Hazme un *tour*, nena, enséñame tu cuerpo, y ve acariciándote según me lo muestras pero imagina que soy yo el que lo hace.

Comienzo el recorrido por mi cuello, bajando a mis pechos, entreteniéndome en mis pezones pellizcándolos débilmente, oigo cómo Jason suspira, y eso me envalentona. Continuo bajando, dejando leves caricias por todo mi abdomen, le muestro la imagen de mis piernas y cómo las abro completamente para él, no le veo, pero oigo cómo jadea. Llego a mi monte de venus y le doy ligeros pellizcos que me hacen gemir con fuerza, me acaricio suavemente, comprobando que estoy muy húmeda, llevo ese mismo dedo a mi boca probando mi sabor y esa acción hace que Jason se quede sin respiración.

—¡Dios, vas a matarme!

Sonrío con malicia y le guiño un ojo antes de bajar de nuevo la cámara a mi intimidad, comienzo a acariciarme lentamente pero enseguida necesito más, aumento el ritmo, lo que me hace gemir cada vez más fuerte. El hecho de saber que me está viendo me tiene al borde del éxtasis.

—Córrete, princesa.

Al escuchar sus palabras mi cuerpo obedece, con solo una orden suya he alcanzado el clímax, arqueo mi espalda y eso hace que el móvil se me caiga de las manos. A los pocos minutos le oigo llamarme, tanteo el colchón en busca del pequeño aparatito.

—¡Dios, princesa, has hecho que me corra con solo mirarte! Eres completamente increíble, y toda mía.

—Toda tuya, cielo— le digo con una sonrisa.

—Ahora a dormir. Buenas noches, princesa.

—Buenas noches, amor.

Completamente relajada, y escuchando su respiración cierro los ojos, sé que me está mirando pero estoy tan cansada que no puedo abrir mis ojos para mirarle una última vez, antes de perder la conciencia oigo un «te amo, princesa».

᪣Capítulo 15᪣
Solo te necesito a ti

Rutina, con esa palabra podría describir mis últimas semanas a la perfección. Mañanas de paseos con Nerón, tardes en el trabajo y noches en las que duermo con la imagen de Jason a mi lado, aunque lo que me salva son los fines de semana. Jason no ha vuelto a faltar ni uno solo, nos echamos tanto de menos entre semana que nos pasamos los sábados y domingos sin salir de la cama hasta la hora de volver al aeropuerto a despedirnos. Hoy lo veo todo diferente, me he levantado demasiado desanimada, la razón es muy simple hoy es martes 13 de febrero, con lo cual mañana es el dichoso día de San Valentín, y ¿cómo voy a pasarlo?, completamente sola con mi prometido a miles de kilómetros de distancia. Es nuestro primer día de los enamorados, puede parecer una chorrada, por aquello de que es una fiesta comercial y eso de que si te quieren lo hacen todos los días del año y no uno solo, pero a mí me sigue haciendo ilusión, en fin… Los asuntos de la empresa familiar se le están complicando un poco, no sé lo que él denominará poco pero todavía está allí, y de momento sin planes de regreso a corto plazo. Así que aquí estoy, tirada en la cama tapada hasta las orejas pero sin que cierta bola de pelo me deje sola, debe notar mi tristeza porque le tengo completamente tumbado encima. Oigo mi teléfono sonar en la mesita pero me declaro en huelga con el mundo, ¡no quiero salir de la protección de mi cama! ¿Para qué, para ver parejas felices y corazoncitos dónde sea que mire? Creo que paso, ¿envidia?, ¡mucha, yo también quiero poder disfrutar de todo eso! Me estoy dando cuenta de que mi personalidad desde que estoy con Jason ha sufrido una regresión. Por fin, vuelvo a ser aquella muchacha vivaracha y perspicaz que creía en los cuentos de hadas sin duda alguna. Me siento otra vez yo misma, sin estar bajo el yugo de nadie, sin que nadie me controle, sin sentirme inferior, y me gusta la sensación. Salgo de mi ensoñación cuando Nerón sale corriendo escaleras abajo, ¿qué mosca le habrá picado a este animal ahora?, no tardó mucho en descubrirlo cuando oigo el timbre de la puerta.

—No hay nadie vivo aquí dentro, ¡lárgate!

—¡Princesa!— me exclama una voz demasiado conocida con sorpresa— Esa no es forma de tratar a tu casi hermana.

—¡Venga ya, Bea! Paso de abrirte, no pienso moverme de la cama hasta el viernes.

De pronto no oigo nada. Los vecinos se tienen que estar acordando de nosotras por habernos comunicado a grito pelado pero creo que la tormenta Bea ya se ha ido. Estoy acomodándome mejor en la cama cuando noto un peso muerto tirarse encima de mí.

—¡Ay, joder, Bea!

Como contestación solo escucho las carcajadas de mi querida amiga, se mete conmigo en la cama y se acurruca a mi lado.

—Tienes que levantar ese ánimo, nena.

—Lo dice la chica a la que su perfecto novio le ha preparado una noche de San Valentín en un precioso hotel en la sierra ¿verdad?

—Pero a mí me da igual este día, ya sabes lo que pienso. Yo quiero que me quiera todos los días, y Eric lo sabe, por eso siempre está intentando sorprenderme y eso me encanta.

169

—No es solo el día, Bea, es todo. Es porque no está aquí, porque lo echo de menos como una loca, porque lo necesito, y porque en esta casa todo me recuerda a él, pero no me puedo ir porque si me voy a la mía me sentiré todavía más sola.

—Vamos a hacer una cosa, vamos a sacar al peludito que nos espera en la puerta con la correa en la boca, me vas a acompañar a la tienda esa tan *cuqui* de lencería, nos vamos a comprar unos conjuntos para estar preciosas para nuestros hombres, y después terapia de chicas, con un bol de helado, el más grande que encontremos y, todas las películas románticas habidas y por haber. ¿Qué te parece?

Me mira esperando mi contestación. No me apetece nada pero si me sigue mirando de esta manera no podré decirle que no. Cierro los ojos y suspiro, empiezo a negar con la cabeza cuando Bea me ataca haciéndome cosquillas sin parar.

—¡Vale, vale! Está bien. Ja, ja, ja, pero… Ja,ja,ja. ¡Para, por favor!

—Pues andando— me dice con mirada triunfante mientras nos saca de la cueva de debajo del edredón.

Hemos cumplido el itinerario a rajatabla, así que ahora estamos tiradas en el sofá vestidas con nuestros nuevos modelitos con un bol de helado cada una. Bea con un camisón precioso de seda negra, y yo con uno verde lima, con escote de encaje. Como estamos en plan guerreras hemos decidido poner la película de *Magic Mike*, a ver a tíos buenorros se ha dicho. Cuando termina la peli las dos nos miramos, y sé sin lugar a dudas lo que pasa por su cabecita.

—¡Madre de amor hermoso! Mira que yo no me puedo quejar porque Eric es mucho hombre, pero quiero un Joe Manganiello en mi vida y lo quiero, ¡ya!

—Será mejor que nos vayamos a dormir, porque vas a necesitar todas tus energías para mañana.

Hemos improvisado una cama en medio del salón delante de la televisión por lo que solo tenemos que acurrucarnos. Bea en cuestión de segundos está completamente dormida pero yo sin mi dosis de Jason no soy capaz, me paso horas dando vueltas en la cama hasta que claudico y cojo mi móvil para llamarle. Al cogerlo me doy cuenta de que tengo un mensaje suyo y automáticamente una sonrisa se instala en mi cara.

«Pásalo bien con la loca de tu amiga, princesa. Esta noche te echaré de menos a mi lado. Te amo.»

Miro el reloj, son las dos de la mañana, seguro que ya estará durmiendo. Abrazada al móvil y con una sonrisa de enamorada consigo dormirme.

Me sobresalto al escuchar el timbre de la puerta, estoy sola en la cama, y no sé dónde se habrá metido esta mujer ahora, el timbre sigue sonando sin parar.

—¡Ya voy!— grito dirigiéndome a la puerta, ay que ser pesado— Oye, estas no son formas de...

Pero me quedo a media frase, delante de mi hay un repartidor con un enorme ramo de rosas negras que me tiende sin decir ni una sola palabra.

—Un momentito que las coloco en el jarrón y te firmo la entrega.

Me giro para colocarlas pero me quedo sin respiración y de la sorpresa dejo caer el jarrón. Menos mal que el repartidor ha sido hábil y

lo ha recogido antes de que tocara el suelo. Se me humedecen los ojos
sin poder evitarlo.

—Hola, princesa— me dice el supuesto repartidor mientras deja las
rosas en la mesa del comedor.

Me acerco lentamente a él, y le acaricio con cuidado, como si
temiera que fuera a desaparecer.

—Estoy aquí, amor. ¿Creías, de verdad, que me perdería nuestro
primer San Valentín?

Y tras esas palabras es como si mi mente despertara de su
aturdimiento, me lanzo a sus brazos y le beso, olvidándome por
completo del mundo exterior. Un carraspeo nos saca de nuestro
arranque de pasión. Al girarme me encuentro a Bea y a Eric,
mirándonos con una enorme sonrisa, miro a mi amiga con una clara
pregunta, ya que se supone que era una noche de chicas.

—Eric me llamó de madrugada para decirme que Jason había cogido
un avión para verte, y yo como tenía las hormonas revolucionadas
después de ver a tanto machote bailando pues necesitaba un desahogo y,
mi hombre es como un repartidor de pizza, yo le llamo y le tengo en la
puerta de casa en veinte minutos y caliente— dice Bea sin poder evitar
echarse a reír.

—Eres incorregible— le dice Eric mientras la mira embobado.

—Bueno parejita nosotros nos vamos, no os pervirtáis demasiado el
uno al otro— suelta como despedida Bea.

Cuando Eric me da un abrazo para despedirse me susurra al oído
para que solo yo pueda oírlo «cuídalo bien, princesa. Ha removido cielo
y tierra para poder estar aquí hoy» y yo solo puedo apretar más ese
abrazo en agradecimiento, porque se ha convertido en un hermano para
mí también. Cuando nos quedamos solos no articulamos palabra, solo

nos miramos, hasta que nuestros cuerpos no aguantan más y como imanes se atraen. Estamos pegados respirando prácticamente el mismo aire, todavía sin tocarnos, los dos sabemos que en el momento en el que nos rocemos la lujuria tomará el control. Jason une nuestras manos y en cuanto lo hace una corriente eléctrica me recorre de pies a cabeza haciendo que mi piel se erice. Sus dedos van subiendo por mi brazo dándome ligeras caricias, al llegar a mis hombros baja con cuidado los tirantes de mi camisón haciendo que caiga al suelo y quede solo con el tanga a juego como única prenda.

—Estás preciosa con él, princesa, pero te prefiero desnuda.

Yo no consigo decir ni una palabra. Estoy completamente paralizada por sus caricias que continúan por mis pechos y cuando lo hacen no puedo evitar cerrar los ojos y gemir.

—Abre los ojos, amor, no dejes de mirarme.

Obedezco, como siempre mi cuerpo responde a él antes que mi mente, soy completamente suya, y mi cuerpo obedece cualquier cosa que él le pida. Se arrodilla para quitarme la única cosa que se interpone entre él y mi desnudez y lo baja con cuidado, cuando mi intimidad queda a la vista le da un pequeño mordisco, provocando que vuelva a gemir pero esta vez sin cerrar los ojos. Me da un ligero toque primero en el pie derecho y luego en el izquierdo para que lo levante y poder quitarme el tanga, se levanta y me observa, y yo soy capaz de sentir sobre mi piel el recorrido de sus ojos.

—Eres lo más hermoso que he visto en mi vida.

Nos tumba en la cama improvisada en medio del salón, entrelaza nuestras manos, y clava ese mar azul en mí; es como si nuestras almas se enlazaran a la vez que lo hacen nuestros cuerpos. Entra en mi suavemente, despacio, comprobando que estoy completamente preparada para él y cuando lo comprueba le gusta, veo satisfacción en su mirada. Entonces comienza un baile lento en el que nuestros cuerpos unidos poco a poco van alcanzando la cima del placer. Lentamente, muy lentamente, pero completamente perfecto.

***

Una vez en el coche voy perdida, no sé dónde me lleva ni qué tiene planeado, pero el hecho de pasar este día con el hará perfecto cualquier plan. Después de unos cuarenta y cinco minutos llegamos a nuestro destino, asombrada le miro con una ceja alzada.

—¿En serio me has traído a una nave que parece abandonada?

—Confía en mí y sigue el plan. Vas a entrar con los ojos vendados y quiero que hagas lo que yo te diga, ¿confías en mí, entonces?

Sin dudarlo dejo que me tape los ojos y tome mi mano para guiarnos al interior de la nave. Lo primero que noto es el calor, lo siguiente son sus manos quitándome la ropa.

—Relájate— me susurra con esa voz ronca que me pone los pelos de punta.

—Eso intento, pero sentir tus manos en mi cuerpo ya sabes el efecto que tiene en mí.

Me contesta con una risa. Me deja únicamente con mi ropa interior y tira de mí para dirigirme a otro lugar… Me sorprendo cuando siento arena en los pies, y grito al notar agua acariciar mis pies. Sin dudarlo me quito el pañuelo de los ojos y la claridad del lugar me ciega. Cuando me acostumbro, me quedo atónita, ¡pero si esto es una playa! La arena es suave, y el agua está calentita, remuevo los dedos de mis pies en ella disfrutando de la sensación, admiro el increíble atardecer que hay pintado al fondo y me giro para poder verlo todo. Hay una barra de mimbre tipo hawaiana, tumbonas y sillones distribuidos por el resto del lugar del mismo estilo y suena una música tranquila. Todo esto es increíble, no sabía que existía un lugar así. Ya más repuesta de la sorpresa busco a Jason con la mirada, cuando lo localizo, sonrío, sonrío y vuelvo a sonreír como una tonta porque todo esto es increíble, él es increíble. Me acerco a él lentamente, no sé en qué momento se ha cambiado, pero está tremendamente sexi en bañador, y mentalmente babeo, nunca tengo suficiente de este hombre. Cuando llego a su altura le acaricio suavemente, noto cómo se estremece y eso me hace sentir poderosa, intenta cogerme pero le digo que no con la cabeza y comienzo a correr hacia el agua gritando como una niña pequeña. No llego muy lejos, él es más rápido y enseguida me alcanza, cuando lo hace me coge como a un saco de patatas y me deja caer en el agua de golpe, y así pasamos un buen rato en el agua entre risas, juegos y caricias furtivas. Cuando nuestros estómagos reclaman comida salimos de la playa, me ha sorprendido que incluso el agua sea salada. No me había fijado en el pequeño pícnic que hay en una esquinita, ha pensado en todos los detalles, comemos tumbados sobre la arena, hablando tranquilamente de todo y de nada a la vez. Ahora mismo con estar con él soy feliz, pero claro todo esto tiene un final, y no precisamente feliz, ya que se tiene que ir en unas horas, horas que pasan demasiado deprisa sin que pueda detenerlas de ningún modo.

T. F. Rubio

Cuando volvemos a estar en el aeropuerto como cada domingo mis ojos se inunden de lágrimas, no sé qué me pasa últimamente que no paro de llorar por todo.

—Princesa, pronto me tendrás aquí de nuevo, solo un par de días, — intenta tranquilizarme mientras seca mis lágrimas— pero me quedan pocos asuntos por resolver allí. Y verás que dentro de poco me tendrás aquí y terminarás por cansarte de mí, porque no me pienso apartar de tu lado.

Cada domingo escucho prácticamente el mismo discurso pero nunca me tranquiliza, y cada vez las palabras pierden más significado. Me asomo al ventanal por si puedo verle una vez más y le veo lanzarme un beso desde lo alto del avión, sonrío, cuando ve mi sonrisa se relaja visiblemente y da la orden para que cierren la puerta, privilegios de viajar en avión privado. Dos días pienso para mí, solo dos días y me volveré a sentir segura entre sus brazos.

Capítulo 16

Todo tiene un final

Tras el maravilloso día de San Valentín que pasamos juntos, la rutina se vuelve casi insoportable. Ya ha pasado casi un mes desde aquel día y seguimos sin poder despegarnos el uno del otro, así que los fines de semana los pasamos encerrados en casa. Desde entonces le noto preocupado sé que algo no va bien y que no me lo quiere contar. Son nuestros amigos los que vienen a casa a verlo, Eric le echa de menos y se nota, cuando se juntan son peores que nosotras, ¡vaya dos cotorras! Bea, cómo no, es simplemente ella. Hoy va a ser un día algo diferente a todos los demás, he venido a visitar a mis pequeñas, están creciendo por momentos y tan solo un par de semanas sin verlas se notan muchísimo en ellas. Cris siempre agradece una par de manos extras, Alex echa cada vez más horas en el trabajo para poder tener dinero de sobra, no les hace falta y Cris preferiría tenerlo en casa ayudándole a cuidarlas en lugar de tener unos pocos euros más en el bolsillo. Se la ve agotada, así que entre Bea y yo la convencemos para que se eche un rato a descansar mientras nosotras nos ocupamos de las niñas. Yo también estoy demasiado cansada últimamente, debe de ser de la preocupación por lo que me oculta Jason, por la incertidumbre de cuándo acabarán estos viajes, el solo vernos los fines de semana me está matando, pero lo que más me da vueltas en la cabeza es lo que estará tramando mi suegra. Cada viernes se inventa algo nuevo para poder mantenerlo allí lo que hace que su vuelo se retrase y llegue a casa a las tantas de la madrugada.

Sea lo que sea que trama nunca le sale bien, ya que mi hombre siempre lo soluciona todo estando conmigo pero el día que sus planes salgan bien… ¡Uff, no quiero ni pensarlo! Volviendo al tema que me voy por las ramas, aquí estamos las dos hablando con las pequeñas en balleno como decía Dori, el pececillo azul de la película de Disney, pero a las pequeñas les hace gracia, no sé si por el idioma o directamente se están riendo de nosotras. Un par de horas después aparece Cris con mucha mejor cara, el descanso le ha sentado de maravilla. Las enanas ya están bañadas, cenadas y acostadas por lo que Cris nos invita a cenar. Alex y Eric llegan casi a la vez, y por primera vez en varios días paso una velada entre amigos donde las risas y las buenas anécdotas son el plato fuerte de la noche. Cuando me levanto para ayudar a recoger todo el desastre me empiezo a encontrar mal, la visión se me nubla y lo último que escucho es un grito.

Me despierto desorientada, con todos mis amigos a mi alrededor mirándome con caras de preocupación.

—¿Dónde estoy?

—En el hospital— me contestan al unísono.

—¿Qué ha pasado?

—¿No recuerdas nada? Te has desmayado, princesa. ¡Vaya susto nos has dado!— me contesta Eric. —Te han hecho unas analíticas, tienen que estar a punto de traer los resultados—antes lo dice antes aparece el doctor por la puerta.

—¿Cómo se encuentra?

—Mejor doctor, gracias. Me imagino que está todo bien, ¿no? Últimamente he tenido demasiadas cosas en la cabeza y me he descuidado un poco— le suelto de golpe casi sin parar a respirar.

—Tranquilízate, — me dice el doctor con una sonrisa— vas a tener que tomártelo todo con más calma, y por supuesto controlar esa alimentación. Debo darle la enhorabuena señorita Sánchez, está usted embarazada.

—¡¿Qué?!— exclamamos los tres a la vez.

—Doctor, eso no puede ser. Tomo la píldora y no me he saltado ninguna toma— le digo todavía en *shock*.

—Pues me temo que entra usted en el uno por ciento de error de este método anticonceptivo. Le he programado una cita con el ginecólogo para el jueves a las 11.30, ¿le viene bien?

Asiento con la cabeza incapaz de articular palabra alguna, permanecemos los tren en silencio asimilando la noticia. ¡Voy a ser mamá! Tengo un bebé dentro de mí, me acaricio el vientre aún plano con amor, no lo esperaba, pero la noticia pese a ser inesperada, me alegra y no puedo evitar llorar de emoción. Bea sale de su asombro cuando ve mis lágrimas.

—Eh, eh, tranquila, princesa. Todo va a salir bien. ¡Vaya, voy a ser tía de nuevo!

—¡Verás cuándo se entere el futuro papá!,— mi rostro cambia por completo— no me malinterpretes, princesa, Jason se volverá loco de contento. Siempre ha querido ser padre, aunque en el futuro que creía tener con Rachel nunca lo vio como una opción.

Me dan el alta ese mismo día y desde ese momento Eric y Bea se convierten en mi sombra, me agobian un poco pero en el fondo les entiendo, están preocupados y no quieren que nada me sobresalte. La situación con Jason, estando él tan lejos de mí, no me lo pone nada fácil.

***

Por fin llega la primera cita con el ginecólogo y solo me acompaña Bea, nos ha costado convencer a Eric para que no cancelara todos sus compromisos, solo he tenido que prometerle que la próxima visita es suya ganándome con ello un puchero de su futura mujer. Estamos en la sala de espera, estoy de los nervios, no puedo parar de moverme de un lado para otro. Cuando oigo mi nombre pego un salto del susto y temblando me dirijo a la consulta. Nada más entrar, Bea y yo nos quedamos de piedra mirando al doctor, moreno, alto, de ojos oscuros y perfil marcado, cuando nos sonríe de lado, ambas apartamos la mirada sonrojadas.

—Buenas días, señoritas—nos dice con un marcado acento. —Mi nombre es Adrian Miller, ¿quién de vosotras va a ser mi paciente?

Totalmente cohibida me acerco a él para tenderle la mano y presentarme. Cuando me pregunta por el motivo de mi visita le pongo en antecedentes de todo lo que me va preguntando. La sonrisa de antes ya no es pícara ahora es completamente sincera y con ello se gana mi confianza de golpe. Después de lo que a mi parecer son un millón de preguntas llega el momento de la verdad cuando me dice.

—Bueno, Carol, es el momento de conocer a tu bebé.

Asustada como nunca en mi vida sigo sus indicaciones al pie de la letra, me va explicando que la ecografía va a ser vaginal y que necesita que me relaje porque está más que seguro de que todo va a estar bien. No sé qué tienen esos ojos negros que me inspiran mucha confianza y hacen que consiga relajarme. Cuando introduce el aparatito en mi cuerpo y localiza al bebé enseguida, rápidamente escuchamos un latido de un corazón acelerado, Bea y yo nos miramos asombradas sin poder evitar que las lágrimas rueden por nuestras mejillas, el doctor gira la pantalla hacia nosotras presentándonos a mi pequeña gominola.

—Enhorabuena, Carol, estás embarazada de ocho semanas. Tu bebé tiene un desarrollo perfecto y, como puedes escuchar, un latido fuerte.

No soy capaz de contestarle estoy embobada mirando la pantalla, viendo ese pequeño borrón que es mi bebé. ¡Dios, mi bebé!, todo es tan inesperado, pero a la vez me hace tan feliz, que no puedo esperar a contárselo a Jason. Una vez vestida me siento delante del doctor Miller para que me dé todas las indicaciones a seguir.

—Te voy a mandar unas vitaminas prenatales que deberían de ser apoyo suficiente para que el desarrollo sea completamente perfecto. Imagino que las pastillas anticonceptivas las has dejado ya, ¿verdad?

—Sí, las dejé en cuanto me enteré de mi estado. Una cosa más doctor, ¿podría realizar un viaje en avión?

—No veo motivo alguno por el que no puedas hacerlo. Si tú te encuentras con ánimo y fuerza, de momento no tienes ningún tipo de restricción. Si no tienes más dudas te voy a citar para dentro de cuatro semanas para la siguiente revisión, no obstante si tuvieras cualquier problema— me tiende una tarjeta— este es mi número de urgencias. También tengo mi propia clínica y estaría encantado de atenderte— me guiña un ojo sorprendiéndome.

¡Vaya con el doctorcito, no se corta ni un pelo! Salimos de la consulta completamente embobadas mirando el pequeño papel de la ecografía que nos ha impreso el doctor. Bea coge el móvil, hace una foto y se la manda a Eric que no tarda ni cinco segundos en contestar. En cuanto entra el mensaje Bea me lo enseña.

181

> *«Ya es una realidad, la primera foto de nuestro sobrino o sobrina. ¡Qué envidia me das, nena! Tened cuidado. Te amo.»*

De camino a casa vuelvo a darle vueltas a la idea que tuve en la consulta, por lo que cojo el móvil y busco el primer vuelo que salga hacia Londres. No puedo esperar hasta el viernes para decirle a Jason que va a ser papá, estoy tan emocionada que necesito contárselo cuánto antes y no por teléfono. Cuando llegamos a casa meto en una pequeña bolsa de deporte lo imprescindible para pasar un par de días en Londres. Ya que voy, me pienso quedar con él durante el fin de semana, que siempre es Jason el que viene a Madrid. Cuando le cuento mi plan a Bea me entiende perfectamente y me acompaña al aeropuerto sin dudarlo, pensé que pondría más impedimentos, ya que desde que se enteraron de mi embarazo están súper protectores conmigo, no me dejan ni a sol ni a sombra, y en verdad lo agradezco pero un respiro me vendrá bien.

***

Lo primero que hago nada más aterrizar es avisar a Bea de que ya he llegado, he tardado tan solo un par de horas. Le escribo un mensaje a Caitlyn para que me dé la dirección de la mansión y para que sepa que estoy de camino, ya que es cerca de la medianoche y no me esperan. También le pido que, por favor, no diga nada a nadie, que es una sorpresa, y ella tiene que actuar como mi cómplice.

Nunca dejará de sorprenderme la opulencia y el lujo que desprende la dichosa casa, sonrió cuando veo a mi amiga en la puerta lateral esperándome, y sin dudarlo nos fundimos en un gran abrazo.

—Qué alegría volver a verte, Carol.

—Yo también te he echado de menos, Caitlyn.

—Jason está en su habitación, ha llegado agotado de la empresa.

Le doy un beso de agradecimiento y me dirijo casi corriendo a ver a mi hombre. Cuando llego a la puerta me paro nerviosa, tengo unas ganas locas de verle y contarle la buena noticia así que respiro hondo para tranquilizarme y entro. En cuanto pongo un pie dentro de la *suite* su olor me recibe, y cierro los ojos disfrutando su aroma. ¡Cómo lo he echado de menos!, nuestra casa en Madrid ya casi no huele a él. Me sorprende que esté la luz encendida, me imagino que se habrá quedado dormido nada más llegar. Trabaja demasiado para dejar todo solucionado cuánto antes. La puerta que da al dormitorio está ligeramente entornada, cuando la abro la luz de la antesala la ilumina tenuemente, mis ojos se acostumbran a la ligera penumbra con dificultad y en ese momento sé que mi cuento de hadas ha llegado a su fin. No puedo creer lo que mis ojos están viendo, me pellizco por si me he quedado dormida en el avión y todo esto es tan solo una pesadilla. El pellizco me duele, y no es lo único, noto como mi corazón se rompe en mil pedazos… Confié en él, creí en su palabra y a la primera de cambio lo echa todo a perder. ¡Qué forma más rara de amar tienen los hombres de hoy en día! Deben de estar agotados porque mis sollozos y jadeos intentando llevar aire a mis pulmones no los ha despertado. Caigo abrazándome fuertemente las rodillas intentado recomponer los pedazos de mi destrozado corazón. El dolor de mi estómago me hace reaccionar, ¡mi bebé! Inspira y expira, venga, Carol, relájate, inspira y expira, venga otra vez, inspira y expira, me repito una y otra vez a mí misma, y funciona porque los temblores de mi cuerpo han remitido y el dolor del abdomen ya es tan solo una simple molestia. Me levanto suavemente pero aun así me mareo, me agarro a la puerta para no caerme. Jason y Rachel siguen dormidos delante de mí sin ser conscientes de mi lucha por no hundirme. Cuando me siento capaz de continuar me quito mi anillo de compromiso dejándolo en el aparador que hay al lado de la entrada. Miro por última vez la escena que tengo delante comprobando que mis ojos no mienten y, que efectivamente tengo delante al que iba ser mi marido completamente desnudo en la cama con la que fue su prometida en el pasado, añadiré que también está desnuda, por lo que no me cabe duda de lo que han estado haciendo. Cierro los ojos y me giro, despidiéndome en silencio de lo que pudo ser y se quedó en intento. De pronto me invade la ira, deben de ser las hormonas, porque de estar destrozada he pasado a estar completamente enfadada con él. Cuando salgo de la *suite* cierro con un sonoro portazo, qué se jodan los amantes y se despierten de su mundo de pasión idílico. De camino al aeropuerto de nuevo llamo a Bea y le digo que vuelvo a casa y que cuando llegue tenemos que hablar, les obligo a ambos a prometer que no dirán nada del bebé a Jason, y que si les llama para preguntar por mí no le cuenten nada, entre sollozos les pido que no me fallen ahora que les necesito más que nunca y cuelgo.

Jason

Me sobresalto al escuchar un fuerte portazo y me levanto de la cama de un salto. No recuerdo haberme dormido, solo sé que llegué de la empresa y me pegué una ducha para hacer tiempo para llamar a mi princesa. Lo mejor de mi día es cuando nos dormimos tan cerca y a la vez tan lejos. Miro alrededor para saber quién ha dado ese portazo y me sorprendo al encontrar a Rachel completamente desnuda en mi cama.

—¡¿Se puede saber qué coño haces tú aquí?!

—¿No lo recuerdas, cielo?— me mira ofendida.

—No me toques los cojones, Rachel, que estaba cansado no borracho. Sabes que entre tú y yo no ha pasado absolutamente nada, así que haz el favor de salir de aquí antes de que te eche a patadas.

La veo ponerse una bata con lentitud, y dirigirse hacia a mí sensualmente, lo que ella desconoce es que ya no provoca nada en mí. Intenta acariciarme pero aparto su mano de mi cuerpo con rechazo.

—No pongas esa cara de rancio, antes te morías porque te tocara a todas horas.

—Tú lo has dicho, la palabra clave es antes. ¡Sal de aquí ya!

—Deberías de mirar encima de la cómoda tienes un regalito.

Cuando veo lo que es mi mundo se derrumba. Carol ha estado aquí, y si ha visto lo que creo que ha visto me va a odiar, ahora entiendo el portazo. Me pongo el pantalón de pijama todo lo rápido que puedo, por si todavía llego a alcanzarla, nada más bajar me encuentro a Caitlyn mirándome con reproche y a mi madre y a Rachel sonriendo con suficiencia.

185

—¡¿Qué coño has hecho madre?!— espeto con furia.

—Deshacerme de un lastre en tu vida, querido, es hora de que hablemos. Tú, — se dirige a Caitlyn con desprecio— prepara té, esta noche puede ser muy larga.

La sigo, sabiendo que eso me separa cada vez más del amor de mi vida y teniendo claro que me arrepentiré de esta decisión sin tardar demasiado.

❧Capítulo 17❧

Intentando sobrevivir

Nada más llegar la veo, no sé cómo lo ha hecho pero aquí está, salgo corriendo a sus brazos y me permito caer de nuevo en la tristeza. Llorando sin parar permanezco abrazada a Bea, entre hipidos le pido por favor que me lleve al hospital que me duele el abdomen. Cuando nos dirigimos hacia fuera veo a Eric esperándonos en el coche.

Lo siguiente que recuerdo es despertarme en el hospital, esto se está convirtiendo en costumbre, a mi lado contrario a lo que esperaba, encuentro dos gemas negras que me miran con preocupación.

—Buenas tardes, bella durmiente.

—¿Tardes?

—Sí, preciosa, has dormido prácticamente todo el día— me dice guiñándome un ojo.

—Está el bebé… —le miro con temor.

—Todo está bien, no te preocupes— me contesta, sabiendo a lo que me refería. —El sangrado fue leve, debido a una emoción fuerte, pero tanto tú y como el bebé estáis bien. Lo único es que tendrás que estar en reposo absoluto todo lo que te queda del primer trimestre.

Le veo sentarse en la butaca que hay al lado de mi cama, me he tenido que perder algo porque estas confianzas no me parecen normales. Nota mi desconcierto y lo único que hace es sonreír, con la misma sonrisa de lado que nos dejó babeando a Bea y a mí cuando le conocimos, sabe el efecto que produce y lo aprovecha, ¡qué subidito tiene el ego el doctorcito! Estoy a punto de pedirle que me deje sola cuando se abre la puerta y aparecen mis amigos, Bea corre a abrazarme, me susurra que todo va a salir bien y que ella siempre va a estar a mi lado, veo como Eric abraza al doctor y no puedo evitar preguntar.

—¿Os conocéis?

—Verás, princesa,—hago una mueca de dolor al escuchar ese apelativo y Eric lo nota— aquí donde le ves, este individuo era nuestro amigo en Londres, pero le perdimos la pista cuando se fue a Estados Unidos a estudiar medicina.

—¡Vaya, el mundo es un pañuelo!— exclamo.

—Cielo, — Bea llama mi atención— sé que no es el momento para pedirte esto pero necesitamos saber qué pasó. Jason está bombardeando nuestros teléfonos, y aún no se lo hemos cogido por no meter la pata.

—Está bien— suspiro.

Les relato todo lo que pasó, todo lo que vi, lo único que nos les cuento, porque creo que no hace falta es cómo me sentí y me siento. Sabía que si esto llegaba a pasar el pozo en el que me iba a hundir no sería nada comparado a lo vivido con Rober. Están los tres en estado de *shock*, incluso el doctor, me imagino por su reacción que conocerá algo de la historia de Jason. La primera en reaccionar es Bea.

—¡Yo le mato! Juro que cojo el primer avión destino a Londres y se la corto.

Bea sigue despotricando pero me centro en los dos hombres de la habitación, están hablando en susurros, con los gritos de mi amiga no puedo oír nada, pero intuyo que saben algo que no nos van a contar.

—¿Qué cuchicheáis?— les increpa Bea a voz en grito.

—Nena, lo primero tranquilízate, ahora lo importante es Carol y el bebé, lo demás no tiene importancia.

—Tienes razón. ¡Ay, cielo, cómo me pones cuando te pones tan serio!— le contesta sin vergüenza alguna.

Solo puedo reírme, porque es tan única, tan Bea, nunca va a cambiar y me encanta. Voy a necesitar más que nunca su forma de hacerme reír porque va a ser mi ancla para permanecer en la superficie.

—Te vas a enterar esta noche, pequeña. Ahora centrémonos, Carol necesita reposo durante unas cuantas semanas más, tenemos la suerte de que tenemos a Adrian con nosotros, así que nena ve a recoger sus cosas y llévalas a nuestra casa.

—¡No!, prefiero volver a mi apartamento, por favor… – suplico.

—Está bien, preciosa, se hará lo que tú digas. Bea recoge sus cosas del ático y llévalas a su casa, yo me quedo con ella hasta que le den el alta y nos vemos allí.

Así lo hacen y se organizan los tres a la perfección. Estoy tan cansada que cierro los ojos pero no consigo dormirme del todo, oigo el móvil de Eric sonar y cómo suspira antes de contestar.

—Dime. No tenía nada que decirte, J. Sí, está con nosotros. No, no pienso decirle nada. No tampoco voy a dejarte hablar con ella. Me da igual, Jason. Olvídala y déjala vivir tranquila. Tienes razón no lo entiendo, te has equivocando tío, estás cayendo igual que hace años, pero tú mismo. Ya te he dicho que no. ¡¿Qué has hecho qué?! No, no te escucho, no vuelvas a llamar más, olvídanos.

Abro mis ojos y veo a Eric con la cabeza apoyada en sus manos.

—No tienes por qué dejar de hablarle.

—Lo sé, — me dice resignado— pero se está equivocando de nuevo, no sé los motivos pero me dan igual. Ahora lo importante eres tú y este bebé— me contesta acariciándome la tripa aún plana.

—Gracias por todo, Eric. Eres como un hermano para mí. Te quiero mucho.

—Yo a ti también, preciosa, ahora descansa otro poco.

***

Ya ha pasado una semana desde que salí del hospital. Bea vive conmigo, se niega en rotundo a dejarme sola, y con ella a mi lado, por las mañanas consigo sentirme bien, algo parecido a feliz, con fuerzas para seguir adelante. Bea está más que hiperactiva con tantos planes que no me permite pensar en nada más que en el bebé que llevo dentro. El problema llega por la noche, cuando me quedo sola en la cama, cuando las pesadillas me invaden, es entonces cuando el agujero de mi pecho se hace tan grande que me asfixia y, lo intento juro que lo intento pero cada día tengo menos ganas de seguir. Vivo por inercia y Bea lo nota, cada día que pasa sonrío menos, también he dejado de ilusionarme con sus planes, casi ni como, aunque me obligo a mí misma a hacerlo por mi gominola, por la cual tengo otra constante en mi vida, Adrian, esos ojos negros me tienen cautivada, pero no porque sienta algo por él, es la oscuridad que guardan, son tan oscuros como el pozo en el que me estoy sumergiendo pero incluso con su oscuridad, desprenden esperanza, a la que intento agarrarme con todas mis fuerzas. Entre los tres logran que me mantenga en la superficie luchando por volver a ser yo misma. Estoy tumbada en la cama, como ya viene siendo normal, sola, lo que no es tan normal, entretenida con la *tablet* cuando la veo y la noticia acaba con lo poco que quedaba de mí.

El empresario y soltero de oro, **Jason Blake**,
confirma su relación con **Rachel Clark**.
Se les ha visto muy acaramelados en varios actos sociales.
Corren rumores de que por fin se unirán
las dos familias más influentes de Londres.

No soy capaz de leer la noticia completa, me encierro en mí misma, oigo a lo lejos los ladridos de Nerón, ¿no estaba tumbado a mi lado hace unos segundos? Estoy confusa, oigo una voz que me llama e intento concéntrame en ella.

—¡Hey, pequeña, respira!, venga, nena, tú puedes hacerlo.

Noto cómo colocan mis manos en un tórax para que pueda imitar la respiración, lo intento pero me cuesta demasiado. Esa misma voz me insta a seguirla, animándome a que expire e inspire.

—Venga, Carol, hazlo por el bebé.

Y esa última palabra es el detonante para que mi cuerpo reaccione, mis pulmones cogen aire de nuevo con fuerza y sigo la respiración que noto en mis manos.

—Eso es pequeña, despacio. Inspira, expira, muy bien, Carol, otra vez más.

Mi visión comienza a aclararse, y entonces le veo, Adrian me ha salvado y no solo de mí misma y de mi miseria, me ha salvado la vida, en realidad ha salvado nuestras vidas. Intento recordar el motivo de mi ataque y la noticia vuelve a mí mente de golpe. Rompo a llorar con fuerza, caigo en la cama en posición fetal intentando aislarme del mundo, pero Adrian no me lo permite se tumba a mi lado, me atrae hacia él relajando mi postura y pone mis manos en su pecho para que sienta sus profundas respiraciones. Al apoyar mi cabeza en su pecho noto el latido acelerado de su corazón, imagino que le habré dado un susto tremendo. Cuando noto sus caricias en mi espalda me tenso, levanto la vista para mirarle a los ojos y veo tanta preocupación en ellos, tanta sinceridad, que me relajo de nuevo, y entre sus brazos me quedo completamente dormida. Cuando me despierto, me siento protegida, hacía tiempo que no me sentía así y por primera vez en una semana sonrío. Levanto la vista para mirarle, y está profundamente dormido, me permito admirarle con tranquilidad, es atractivo, dormido parece un chico bueno, pierde esa picardía que le envuelve. Sin poder evitarlo mi mano se mueve por inercia y le acaricia suavemente el mentón. Mi sutil caricia le hace abrir los ojos, cuando nuestras miradas se encuentran sonríe y yo bajo la mirada avergonzada, noto como el rubor tiñe mis mejillas, ¿pero qué me pasa? Alza mi cara con un dedo.

—¿Has descansado, pequeña?

—Sí... —le respondo en un susurro— Muchas gracias por todo, si no hubieses estado aquí, no sé lo que podría haber pasado—digo con miedo en la voz.

—Ha sido un auténtico placer,— me da un beso en la frente y se levanta como un resorte— tengo que irme, mañana volveré para revisarte.

Vaya cambio más brusco, no me da tiempo a pensar más en ello porque aparece Bea por la puerta de la habitación.

—¿Todo bien?

—Todo perfecto, yo ya me iba— le contesta Adrian sin mírame.

—Te acompaño— les oigo susurrar y sé que el doctor le está contando a mi amiga todo lo sucedido.

—¿Me puedes explicar por qué se ha ido de aquí como alma que lleva el diablo con pintas de recién levantado y no ha sido capaz de mirarme a la cara ni un solo momento durante todo el trayecto hasta la puerta?

Y como sé cómo se las gasta le cuento todo lo que ha pasado con pelos y señales para su tranquilidad y la mía propia. Después de terminar mi historia, Bea toma la decisión de quitar de mi alcance toda tecnología para evitar futuros sustos.

Hoy es un día importante porque hoy se cumple el primer trimestre de embarazo y por primera vez en semanas tengo vía libre para salir a la calle, aunque solo sea para ir a la consulta de Adrian. Como es una consulta privada enseguida estamos dentro, esto de tener enchufe te evita esperas. Cuando Adrian nos ve llegar sonríe tímido y se sonroja. Desde aquel día algo ha cambiado entre nosotros, ya que su forma de tratarme, incluso de mirarme es más tierna y cariñosa. Bea me da un codazo para que reaccione, carraspeo antes de hablar.

—¡Buenas tardes!

—Bueno, bueno, qué contentas venís hoy, ¿no?— y ahora sí, ya vuelve a ser él mismo con esa sonrisa de rompecorazones.

—No es para menos, estoy deseando que me des vía libre para salir de casa. Nunca pensé que diría esto pero ¡odio la cama!

—Bueno, pasemos a ver a ese pequeñín.

Todo va genial, mi gominola crece sin ningún problema, y el embarazo sigue su curso. Tengo el alta médica para moverme con libertad sin hacer excesos, claro está , e intentando no alterarme por nada. He de admitir que la incomunicación tecnológica a la que Bea me tiene sometida ha influido mucho en esa tranquilidad y por eso estoy más que agradecida con ella. Tengo que intentar olvidarle o por lo menos dejar de sufrir por quererle, en el fondo sabía que era demasiado bueno para ser verdad, una pequeña parte de mí me lo repetía cada vez que intentaba entregarme por completo, pero Jason se saltó todas mis barreras y terminó rompiéndome a pedazos. Sigo completamente enamorada de él pero he decidido que aun sin él voy a intentar ser feliz por el bebé, porque se merece que al nacer su madre le dé todo su amor. También decido empezar a pensar en él sin rencor, agradeciéndole en silencio la vida que crece en mi interior, prueba que lo nuestro aunque efímero fue real. He decido que voy a luchar contra mí misma si hace falta para darle todo lo que necesite

.

Hemos quedado para cenar, celebraremos mi recién estrenada libertad, algo tranquilo. Eligen un restaurante italiano que hay cerca de mi casa. La cena pasa tranquilamente, solo se oyen risas y charlas amistosas, la verdad es que me siento bastante cómoda con este amiente. El sonido de mi móvil me distrae de la conversación.

—Dígame— levanto la vista y los veo a los tres mirándome interrogantes.

—¿Es usted Carolina Sánchez?

—Sí, ¿con quién hablo?

—Mi nombre es Adam Parks, soy el abogado del señor Blake.

Dejo caer el móvil contra la mesa, Bea lo coge y habla con el interlocutor, no consigo oír lo que dice. Las suaves caricias de Adrian en mi espalda logran tranquilizarme, este hombre tiene en mí un efecto calmante, mi cuerpo debe reconocer que le salvo la vida, por eso cuando me toca me relajo instantáneamente. No entiendo a Jason, ha rehecho su vida, por qué no me deja tranquila. Hace más de un mes que no se pone en contacto con nadie, ¿por qué ahora, por qué? Bea cuelga la llamada y me mira asombrada.

—No te lo vas a creer.

—No sé si quiero saberlo, Bea— la contesto.

—Deberías escucharlo, preciosa— me dice Adrian sujetando mi mano.

Me sorprende que Eric no diga nada, le miro y tiene los ojos fijos en nuestras manos unidas qué le rondando la cabeza, no lo sé pero lo intuyo por la expresión de repulsión que muestra. Creo que su mente está trasformando este simple gesto de amistad en algo más, y si me conoce como yo creo que lo hace, no debería pensar eso.

—Venga, nena, dinos qué ha tramado Jason ahora— le dice a Bea, cambiando el rumbo de sus pensamientos.

—¿Cómo sabes que es él?

—Fácil, pequeña, solo hay una persona en el mundo que es capaz de alterar así a Carol— y lo dice mirando fijamente a Adrian, como dándole un doble sentido a sus palabras.

—Está bien, dilo ya— con una simple llamada se ha cargado el buen ambiente que disfrutábamos.

—Tienes que ir mañana al bufete de abogados que tienen en Madrid para firmar el cambio de titularidad del ático.

—¡¿Qué?!— gritamos Eric y yo a la vez.

—Lo que oís, este degenerado te ha regalado su ático.

—No puedo aceptarlo— contesto con rotundidad.

—Sí, sí puedes, princesa—ese apelativo sigue causándome un efecto extraño y Eric lo sigue notando. — Lo siento, es la costumbre— se disculpa. — No es que puedas o no puedas, Carol, es que debes aceptarlo, ya no por ti, si no por tu bebé. Tu apartamento se quedará pequeño enseguida, y su padre– dice señalándome el vientre– sin saberlo os ha solucionado la vida.

—¡No quiero nada suyo!– respondo cabizbaja– ¿Creéis que puedo vivir en un sitio dónde todo me recuerda a él? No puedo estar en esa casa sin pensar en él.

—Eso tiene fácil solución, cielo, – la miro enarcando una ceja esperando lo que va a venir– ¡nos vamos de compras al Ikea!

Rompemos a reír todos, menudas ideas tiene esta chica. En el fondo sé que tienen razón, noto los tres pares de ojos mirando mi lucha interna. Por primera vez en toda la conversación Adrian da su opinión.

—Preciosa, deberías aceptarlo, como bien ha dicho Eric, ya no por ti, sino por el pequeño– y me acaricia la tripa con ternura.

Bea mira ese gesto asombrada con un inicio de sonrisa pero Eric, mi pequeño gran guardián es otro cantar, le fulmina con la mirada y le veo que está a punto de soltar algo de lo que puede que se arrepienta después, ya que Adrian no deja de ser su amigo.

—Está bien, está bien, nos iremos de compras para ponerle mi toque personal, dentro del cual podemos incluir una pequeña reforma, ¿no os parece?

Comienzo a imaginar cómo podría quedar la casa sobria de Jason con mi toque de color y vida. Me imagino las paredes en tonos vivos, muebles fuera del rango de los blancos o negros, y toda la adaptación que tendremos que imaginar para que mi gominola esté segura. Creo, que podría salir bien.

No sé qué motivos habrá tenido Jason para regalarme su casa pero tampoco me importa. Hablaré con el abogado para saber si es posible ponerla directamente al nombre del bebé, sin saberlo le ha hecho el primer regalo a su hijo.

❧Capítulo 18❧
Mi corazón siempre estará roto

Van pasando los meses y mi preciosa casa ya dice mucho de mí, con cortinas, cojines, alfombras y algún que otro adorno nuevo ya no queda nada de aquel ático sobrio y masculino que un día fue. Lo único que nadie ha tocado, ni siquiera yo porque no me siento capaz de subir, es la que era nuestra habitación. Hemos colocado una barandilla de seguridad para impedir el paso a mi gominola, el hecho de tener ahí una valla me tranquiliza. Eric ha quitado la puerta oculta de la cocina, por lo que se puede ver la casa al completo. Una de las habitaciones está totalmente cambiada, a Bea se le ocurrió pintar a todos los personajes de Disney que se le pasaron por la cabeza, yo soy nula para el dibujo pero ella lo borda, los tres se han vuelto locos comprándole cosas al bebé, unisex porque aún no ha querido enseñarnos qué esconde entre las piernecitas; por mucho que Adrian ha intentado moverlo nos ha sido imposible. La otra habitación la hemos tocado poco, ya que en esta parte de la casa no compartí ningún momento con él y por ello no guardo recuerdo alguno, simplemente le hemos dado un toque más femenino, palabras textuales de la loca de mi amiga. El despacho lo hemos cambiado por completo, las paredes están llenas de libros y la mesa central, donde tengo mi iMac, es de diseño en cristal acompañada por una silla en cuero blanco. La zona del gimnasio y la piscina ahora tienen cerrojo, por seguridad, estos hombres se piensan que el bebé saldrá andando de mi barriga. Mi relación con Adrian es solo de amistad pero me está ocasionando más de una charla con Eric, porque piensa que me estoy

197

enamorando de él, cuando le digo que se equivoca siempre me contesta lo mismo: «Conozco la mirada de un hombre enamorado, tú no sentirás nada o eso te dices a ti misma, pero créeme, princesa, esta situación terminara con alguien sufriendo».

Adrian es como mi salvavidas, no sé qué tiene o qué hace pero me hace sentir en paz. Puede sonar egoísta pero en estos momentos le necesito a mi lado. He intentado explicárselo a Eric de todas las formas posibles pero no lo entiende, creo que está absolutamente convencido de que Jason va a volver, y quizás lo haga… No debería importarme ya, Eric tiene que entender que no todo tiene que seguir girando en torno a Jason. También me ha dicho en más de una ocasión que no le parece justo que no sepa que va a ser padre pero no tengo la fuerza ni el valor para decírselo. Lo nuestro acabo aquel día, y no he querido saber nada más de él desde entonces. Su última llamada fue aquel día en el hospital cuando hablo con Eric, si tuviera pensado volver, ya habría vuelto a ponerse en contacto con alguno de nosotros.

Hoy tengo cita con Adrian, la revisión de las 32 semanas. Estoy como un globo así que me pongo un vestido premamá ligero porque estamos en pleno agosto y las temperaturas en Madrid son asfixiantes. Me ha convencido para que después de la revisión vayamos juntos a una clase de preparación al parto en el agua y me ha sonado tan divertido que no he podido negarme. Una vez en la consulta, su secretaria me indica que pase que me está esperando dentro, esta mujer vive muy bien desde que Adrian lleva mi embarazo la mitad de las tardes las tiene libres sin que le perjudique el sueldo. A este hombre siempre se le ocurre algo qué hacer, nos hemos aficionado a pilates para embarazadas, natación para embarazadas y a las clases de preparación al parto, y él me acompaña a todas como si intentará ocupar el lugar del padre del bebé.

Le encuentro de espaldas a la puerta mirando por el ventanal absorto en sus pensamientos. ¿Estará bien? Carraspeo para llamar su atención.

—¡Preciosa!, ¿Cómo están mis chicas hoy?

—¿Todavía estás convencido de que es una niña?

—Es demasiado pudorosa por eso no se muestra, si fuese un niño ya nos habría enseñado sus encantos. Además déjame soñar un poco más, me encantaría tener a una pequeña mini tú entre mis brazos.

—Vamos a ver si hoy conseguimos salir de dudas.

Me echa el gel frío que siempre hace que me estremezca y comienza a pasar el ecógrafo.

—¡Vaya!—dice Adrian sorprendido.

—¿Qué? No me asustes, ¿está todo bien?

—Más que bien, preciosa. ¡Felicidades, vas a ser la mamá de un hermoso niño!

—¿Niño?

—Niño— me confirma— y grande, está completamente desarrollado ya, preciosa.

Según me visto aviso a todo el mundo de la feliz noticia, están todos como locos, por fin sabemos qué sexo es, y quedamos para cenar esta noche y celebrarlo. La clase de preparación al parto en el agua es una pasada, Adrian mueve mi cuerpo cómo quiere, se nota que en el agua no peso y nos pasamos la clase entre juegos y risas. Al salir de la piscina tropiezo, menos mal que está pendiente de mí en todo momento y me atrapa entre sus brazos.

—Lo siento, con esta enorme barriga no me veo los pies.

No me contesta, le miro para saber qué le pasa, y lo encuentro mirándome embobado. No puede ser, eso que veo en sus ojos es…

¿Amor? Noto cómo me estrecha entre sus brazos con más fuerza y la determinación que encuentro en su mirada me asusta. Lentamente acerca su rostro al mío haciendo que nuestros labios se junten. Estoy paralizada, él toma mi parálisis como una invitación a continuar y profundiza el beso. Mis labios le responden por inercia, pero mi cuerpo está tenso, cuando sus manos acarician mi espalda desnuda reacciono y me aparto de él asustada.

—¿Qué haces?

—Es evidente, preciosa. Lo siento, sé que no estás preparada, sé que todavía tienes el corazón roto pero no puedo contenerme más. Me he enamorado de ti, Carol, estoy tan loco por ti que no me importa que el bebé sea de otro, estoy dispuesto a que lo criemos juntos, si me das la oportunidad.

—¡¿Te has vuelto loco?! No sabes lo que dices, Adrian.

—Lo sé perfectamente, me di cuenta de que te amaba en el momento en que casi te ahogas entre mis brazos.

—¡Pero si de eso hace meses!

—Solo hizo falta tenerte entre mis brazos una vez para saberlo con certeza.

—Yo, yo, yo lo siento de verdad pero no te amo de esa forma, Adrian. Te quiero mucho, pero mi corazón no es mío, se lo entregué a Jason cuando le conocí y todavía le pertenece.

—¿Incluso después de todo este tiempo?

—Creo que será así para siempre— veo como su mirada se entristece y me culpo de todo su dolor, no debería haberme apoyado en él tanto como lo he hecho. —Todo esto es culpa mía, no debí de ser tan egoísta y apoyarme en ti como si fueras mi único salvavidas. Realmente te quiero mucho Adrian pero no creo que llegue a amarte nunca, será mejor que a partir de ahora tomemos distancia.

—¿Qué?,¡no! No te apartes de mi lado, seré feliz con las migajas que me des pero, por favor, no te separes de mí.

—¿Estás seguro? No quiero hacerte más daño.

—Preciosa, prefiero tenerte de la forma en que me dejes, que no tenerte de ninguna.

En la cena estoy tensa, ya no me siento a gusto sabiendo que me ama e intento mantener las distancias, Eric lo nota y me interroga con la mirada. Cuando a Adrian le llaman por una urgencia del hospital se disculpa con nosotros y se va. En el momento en que dejo de ver su figura suelto tal suspiro de alivio que mis dos amigos me miran con cara de «cuéntamelo todo ahora, no hagas que te interrogue».

—Vale, vale, relajar esas caras que os lo voy a contar.

—Esa es mi chica, reconoce lo que queremos solo con una mirada. Vas aprendiendo, princesa.

—Bea, cariño, das miedo cuando pones esa cara, cualquiera te niega nada.

—No te vayas por la tangente guapa y suelta por esa boquita.

—Me ha besado esta tarde— les confieso con la cabeza gacha.

—¡Lo sabía!— salta Eric— Sabía que ese tío se estaba enamorando de ti. Le voy a partir la cara, se lo advertí, le dije que solo podría mirarte como a una amiga, ¿y me hizo caso? ¡No!, y ahora esta situación se nos va a ir de las manos.

—Eh, eh, machote para el carro— le salta Bea. — ¿Tú qué sientes, cielo?—me pregunta de inmediato.

201

—Yo, yo le quiero, es más, le necesito para continuar serena. Y ya sé que suena egoísta porque parece que solo le quiero para mi beneficio, pero es que me calma, no sé qué es lo que tiene que me tranquiliza. Él es la principal razón por la que sigo cuerda después de lo de Jason. Pero, no, sin duda alguna, no le amo, no puedo amarlo— les cuento entre sollozos.

—Hey, hey, princesa— me susurra Eric mientras me abraza. —Tranquila, preciosa, esto no le hace bien al niño—suspira con fuerza antes de continuar. — No sé si será por esto o no pero creo que la conexión que sientes con Adrian es en parte también culpa de Jason.

—¿Cómo?— le veo pensarse si contestar a mi pregunta o no, y al final claudica y me confiesa.

—Son primos.

Nadie ha vuelto a hablar desde que Eric soltara la bomba en el restaurante. Puede ser que el amor que siento por Jason sea tan fuerte que mi cuerpo note la conexión que existe entre los dos, ¿sería siquiera eso posible? ¡Dios, creo que me estoy volviendo loca!

Nada más entrar en casa mi pequeño guardián de cuatro patas intenta llamar mi atención a toda costa, mi pequeño peludito no se ha separado de mí en ningún momento del embarazo, muchas veces son más fieles los animales que las personas. Me tumbo en la cama medio desnuda, es imposible dormir con este calor y más con el tripón que tengo.

A la mañana siguiente cuando me levanto tengo un montón de mensajes de Adrian.

«Te necesito de cualquier forma, no me alejes, pequeña.»

> « Con estar a tu lado es suficiente, no te pido nada más.»

> «Por favor, dime que nada ha cambiado entre nosotros, solo necesito saber eso.»

> «Sabes que siempre me tendrás a tu lado, en la forma que me

> « Como te dije ayer, ya lidiaré yo con mis sentimientos, tú solo quédate conmigo.»

También le necesito a él, pero siento que si seguimos como hasta ahora solo conseguiremos que sus sentimientos crezcan más y el dolor se haga más profundo. Y yo ya estoy rota, no puedo volver a amar a nadie más y el único pegamento que me podría recomponer está a miles de kilómetros con otra mujer. Lo siento por Adrian pero mi decisión está tomada, voy a alejarme de él, no puedo seguir siendo egoísta, es un buen hombre que se merece a alguien que le ame con la misma pasión que él demuestra y por mucho que él lo crea esa mujer no soy yo.

Tengo que ir al club a recoger unas facturas y seguramente a poner algo de orden en el despacho de mi jefe. Al llegar veo a algunos chicos del grupo charlando y apuntando ideas, desde que me han visto con el barrigón pasan olímpicamente de mí, para mí es casi mejor, me evito tener que estar dando largas a ninguno. Cuando llego al despacho, me sorprendo como ya viene siendo costumbre, ¿pero es que este hombre no sabe tener esto ordenado? Toda, literalmente toda la mesa está llena de papeles, montones y montones de papeles.

—Muy bien, Carol. ¿No querías entretenerte?, pues aquí tienes lo que has pedido— me digo en voz alta a mí misma.

Llevo horas sentada en esta silla infernal, demasiadas según mi espalda, hubo un momento en el que me parecía hasta cómoda, ahora la odio con todas mis fuerzas. El desastre que tenía Eric ha ido disminuyendo poco a poco, ya solo me queda una pequeña fila. Abro el bolso y cojo mi pequeño alijo de bombones de chocolate. ¡Mmm, qué ricos! Sigo ordenando facturas cuando un sobre llama mi atención, es papel del bueno, la curiosidad puede conmigo y lo abro, quedándome lívida mientras leo.

Jason Blake & Rachel Clark

*Tienen el placer de invitarles, a su enlace matrimonial
que tendrá lugar el próximo **25 de agosto**
en **St Mary Abbots Church**,
con su posterior convite en **The Milestone Hotel**.*

ROGAMOS CONFIRME ASISTENCIA.
SE REQUIERE ETIQUETA.

¿25 de agosto? ¡Eso es mañana! Un fuerte dolor en el abdomen me hace quedarme sin respiración, intento levantarme para pedir ayuda cuando noto un líquido caliente recorrer mis piernas, me miro asustada, es pronto todavía, ¡mi gominola no puede nacer aún! Otra fuerte contracción me hace caer de rodillas al suelo, en ese momento oigo como se abre la puerta.

—¡Carol, pequeña!, ¿qué pasa?— me increpa Eric levantándome entre sus brazos.

—¡Ya, ya, ya viene!

—¿Quién?

—¡Joder, Eric!,¿quién va a ser?, ¡el niño!

—Pero es muy pronto todavía, ¿y qué haces toda mojada?

—¿En serio, Eric?, ¿eso es lo que más te preocupa en este momento?

—¡Mierda, tienes razón!

Menos mal que ha conseguido reaccionar. Nos dirigimos de camino al hospital, ya ha avisado a todo el mundo, está de los nervios, como si fuera el padre del enano. ¡Dios!, esto duele, duele mucho. Una vez en el hospital vemos a Adrian esperándonos en la puerta con una silla de ruedas.

—Preciosa, — me saluda con un beso en la frente— ¿me has estado evitando, verdad?— pregunta con dolor en la voz.

—¡Joder, tío! ¿Crees que es momento de preguntar eso?— le increpa Eric con dureza.

—Tienes razón, es momento de concentrarnos en traer al mundo a este pequeño. Por lo que veo tiene ganas de salir, se ha adelantado varias semanas.

—¿Estará bien?— pregunto con temor.

— Todo va a ir bien, preciosa. Es todo un luchador como su madre.

—Entrad vosotros, voy a hacer una llamada— nos dice Eric con aire ausente.

❧ Jason❧

Cinco meses, cinco largos meses sin saber nada de ella, ¿será feliz?, ¿habrá conocido a otro hombre? Solo de pensarlo me duele, pero yo ya no soy nadie en su vida, y mañana, mañana la mía termina. Tengo que casarme con Rachel, estoy obligado a ello si no quiero perderlo absolutamente todo. Relleno mi copa de *whisky* y me la bebo de un trago. Me puedo imaginar sus caras si me presento mañana en la boda completamente borracho y desaliñado, no estaría mal devolverles un poco de su propia medicina y arruinar sus planes de joderme la vida. Oigo sonar mi móvil una y otra vez. ¡Solo quiero que me dejen vivir, joder! Tras varias llamadas perdidas a la quinta o sexta vez que suena lo cojo para mandarlas a paseo y que me dejen disfrutar de mi última noche de libertad en paz, pero me sorprendo al ver que es Eric el que llama. ¿Le habrá pasado algo a mi princesa?

—Diga— contesto como puedo dentro de mi estado de embriaguez.

—Hermano, ¿estás borracho el día antes de tu boda?

—Es más bien un funeral en vida, tío. ¿Qué ha pasado?, tiene que ser algo grave para que te dignes a llamarme después de tanto tiempo.

—¿Estás sentando?

—Estoy en el despacho, ¿por qué, qué pasa?

—Estoy a punto de romper una promesa, así que agárrate que vienen curvas.

—¡Al grano, Eric!— le grito impaciente.

—Carol acaba de ingresar en el hospital.

El móvil se resbala de mis manos y se hace pedazos, ¡puta tecnología! Cojo el fijo del despacho y de memoria marco el teléfono del que era y es en la distancia mi hermano.

—¿Es grave?— pregunto con temor.

—Está de parto.

—¿Qué está de qué?

—No debería estar hablando contigo, pero creo que es el empujón que necesitas para volver. Vas a ser padre, Jason, tu princesa se acaba de poner de parto al descubrir en mi despacho tu invitación de boda.

—¡Joder, joder, joder, joder!

—¡Reacciona, macho!, ¿qué piensas hacer?

—No lo sé— respondo con dolor.

—¡Cómo que no lo sabes! ¿Vas a dejar tirada a la mujer que amas y a tu hijo por unas desgraciadas que solo te quieren joder la vida?

—Tú no lo entiendes, Eric.

—Tienes razón, no lo entiendo. Tenía que haberla dejado rehacer su vida. Bea llevaba la razón, como siempre, no te la mereces.

Después de eso, me cuelga y por primera vez en meses lloro roto de dolor. Cuando no me quedan lágrimas, me invade la ira y destrozo mi despacho. Sin fuerzas ni más lágrimas que derramar me siento con la cabeza entre mis piernas y pienso en todo. Al cabo de las horas me doy cuenta de que tomé la decisión en cuanto supe que sería padre, ya está amaneciendo, tengo que darme prisa.

❧Capítulo 19❧

Sí, existen los finales felices

Han pasado doce horas, y este niño con la prisa que parecía tener ahora ha decidido que no quiere salir. En un momento de enajenación mental he tomado la decisión de que no quería ningún tipo de droga para traer a mi hijo al mundo, aunque estoy empezando a cambiar de opinión ya es tarde. Por fin, Adrian me dice las palabras que llevo horas queriendo escuchar.

—Venga, preciosa, es la hora de empujar con todas tus fuerzas.

Lo intento pero ya son demasiadas horas las que llevo aquí y estoy completamente agotada. Bea y Eric están a cada uno de mis lados sujetándome las manos, no dejan de susurrarme palabras de aliento y no sé de dónde saco las fuerzas pero lo hago. Cuando Adrian me da la orden, empujo, y noto cómo algo sale de mi interior.

—Muy bien, preciosa, a mi orden, de nuevo, un empujón. ¡Venga que ya está casi fuera!

Con ese último empujón me invade una sensación de descanso y alivio, y entonces escucho el mejor sonido del mundo, el llanto de mi gominola, en ese momento es cuando me permito llorar de felicidad una enfermera me lo coloca junto al corazón y mis lágrimas me impiden verle bien.

—Aquí está, mami, tu pequeño perfectamente sano.

Cuando lo tengo entre mis brazos mi corazón se recompone, está lleno de tanto amor... Haría cualquier cosa por la pequeña vida que tengo entre mis brazos.

—Hola, Ian, soy mamá— cuando me mira jadeo sorprendida— tienes los ojos de papá, mi pequeño.

Bea y Eric están abrazados a mi lado, con los ojos humedecidos.

—Es cierto, princesa, es difícil ver ese tono de azul tan intenso en una mirada, pero Ian ha heredado los ojos de su padre.

—Ojalá pudiera verlo— comento entristecida.

—No pienses en eso ahora, déjame al pequeño y descansa, no me moveré de tu lado, lo prometo.

Lo último que siento antes de caer rendida es un beso de Adrian en la frente felicitándome por haberlo hecho tan bien. En medio de mi descanso noto cómo alguien me besa en los labios susurrándome un «te amo» intento despertarme pero mis ojos no obedecen y caigo de nuevo en la inconsciencia.

Me despiertan los rayos de sol, ¿por qué nunca me acordaré de cerrar las puñeteras cortinas? Abro los ojos de golpe cuando la imagen de mi bebe viene a mi mente, recorro la habitación con la mirada y me quedo alucinada cuando veo quién es la persona que tiene a mi niño en brazos. No puede ser, debe de ser que sigo durmiendo. Ver la imagen de Jason con nuestro hijo en brazos es lo más bonito que he visto en mi vida, sus preciosos ojos azules desprenden tanto amor cuando le miran, un amor tan puro que me hace estremecer. Sí, definitivamente estoy soñando, esto no puede ser real, me pellizco para comprobarlo.

—¡Ay!— oigo su risa como respuesta a mi quejido.

—¿Algún día creerás que soy real nada más verme?

—No puede ser—susurro y cierro mis ojos con fuerza esperando despertar de este sueño que parece tan real.

—¿Bebé, qué tal si le decimos a mamá que tienes hambre?, a ver si así se cree que está despierta y que estamos juntos.

Cuando me coloca al pequeño en brazos, me descubro el pecho para amamantarle, se agarra a la primera y con fuerza, ¡vaya, pues sí que tenía hambre! Hago una mueca de dolor al sentir la succión en mi pecho, pero al mirarle la carita todo el dolor pasa a un segundo plano. Jason no nos quita el ojo de encima como si fuésemos a desaparecer en cualquier momento. De repente noto que la succión de mi gominola cesa, se ha quedado dormido, con cuidado Jason lo coge de mis brazos para dejarlo en la pequeña cuna que hay a mi lado.

—¿Pensabas decírmelo en algún momento?— me pregunta sin dejar de mirar al pequeño.

—Si te soy sincera, no lo sé— le contesto. —Estaba tan dolida que no quería saber nada más de ti.

—También es mi hijo, princesa, tenía que haber estado junto a ti durante todo el embarazo.

—Jason, estabas demasiado ocupado preparando una boda.

Se levanta de golpe y empieza a caminar nervioso por la habitación, suspira varias veces y se remueve el pelo con fuerza. Por primera vez me fijo en su vestimenta... ¡Lleva el traje de novio!, ¿la ha dejado plantada en el altar? Lleva la camisa abierta, de su cuello cuelga una cadena, y me sorprendo al ver, que lo que pende de ella es mi anillo de compromiso, ¿lo ha llevado siempre consigo? No entiendo nada, tengo demasiadas preguntas, demasiadas dudas.

—¿Por qué no empiezas por el principio? Siempre es la mejor forma de empezar.

Me mira asombrado pero con decisión se vuelve a sentar a mi lado cogiendo mi mano, la aparto por inercia y su mirada se inunda de dolor.

—Tienes razón, princesa, empecemos por el principio. ¿Recuerdas cuando estaba nervioso porque había algo de la empresa que no cuadraba?— cuando asiento, continua— Pues resulta que mi padre estaba llevando la empresa a la quiebra a pasos agigantados pero siempre que esto sucedía había un rescate anónimo que lo salvaba. La noche que viniste a Londres, la noche que te perdí,— suelta con desprecio ¿hacia mí?— mi madre y Rachel se habían enterado de que estabas de camino a Londres, no sé cómo, pero lo sabían, y me tendieron una emboscada para que me dejaras. Esa noche yo estaba completamente agotado, caí en la cama después de la ducha y por supuesto en una cama vacía. Cuando tu portazo me despertó y vi tu anillo en la cómoda, me volví loco, solo quería ir detrás de ti pero las dos arpías no me lo permitieron— jadeo asombrada al escuchar su versión. —Me convencieron para que las escuchara antes de ir detrás de ti, sabían que la única forma de terminar con lo nuestro era si me dejabas tú y eso ya lo habían conseguido. Esa misma noche me enteré de que era el padre de Rachel el que rescataba la empresa familiar cada vez que esta se hundía. Lo único que el señor Clark pedía a cambio de esos rescates era una unión entre nuestras familias o de negarnos se quedaría con todo. Así que hice lo que se suponía que tenía que hacer, acepte esa unión familiar, perdiéndote a ti en el camino.

—¿Y si esto es cómo me dices, qué haces aquí, Jason?, ¿cómo te has enterado de mi situación?, ¿o es que acaso ya tenías planeado volver?

—No te enfades con él, ¿vale?, lo hizo con toda su buena intención.

—Eric— susurro, porque nadie más sería tan valiente como para hacer un gesto así.

—Sí, amor. Eric me llamo anoche cuando te pusiste de parto. No daba crédito a lo que me contaba, ¿cómo podía enterarme así de que iba a ser padre? y tomé la mejor decisión de mi vida, la de volver a ti, a vosotros.

—Pero, pero, pero… ¿Y la empresa?, ¿y tu familia?

—Me presento ante ti, solo con lo que ves, princesa, sin título, sin dinero y sin familia, me presento ante ti tan solo como un hombre absoluta y perdidamente enamorado, porque mi corazón es tuyo si todavía lo aceptas.

No puedo hablar, los sollozos me lo impiden. Nunca dejó de quererme y, saber eso hace que lo demás quede en un segundo plano. Su situación era difícil, yo no sé qué habría hecho en su lugar. Sonrío como una idiota, pero una idiota enamorada. Cuando le veo de rodillas ante mí, ofreciéndome de nuevo ese anillo que un día me entregó y que ahora sé que nunca debió dejar mi dedo, me siento verdaderamente su princesa.

—Dime, amor, ¿quieres hacerme el hombre más feliz del planeta y casarte conmigo?

Mis lágrimas y sollozos no me dejan contestar con la voz, por lo que asiento, y sin perder tiempo me coloca el anillo y me besa. Nuestro momento romántico se interrumpe cuando se abre la puerta.

—Precio…— Adrian se queda clavado en el sitio cuando ve a Jason a mi lado.

—¿Adrian?— pregunta Jason asombrado mientras corre a abrazarle— ¡Cuánto tiempo primo!

Jason se separa de su primo cuando nota que no le corresponde al abrazo, le mira extrañado, pero Adrian tiene su mirada clavada en mí, una mirada que expresa como un libro abierto todo lo que siente en ese momento. Yo agacho la mirada como una cobarde, no soy capaz de mirar a esos hombres y ver la confusión de uno y el dolor del otro.

—Bueno,— carraspea al final Adrian— he venido a ver cómo te encontrabas, y por lo que puedo ver estás perfecta. Un placer volver a verte, Jason.

Y sin más se va de la habitación, dejándome con mi hombre, que me mira pidiendo una explicación.

—Dime, por favor, aunque sea miénteme, pero dime que no te has acostado con mi primo.

—¿Qué?, ¡no!— y con mi respuesta suspira tranquilo.

—Bueno, amor, es la hora de que me cuentes tu historia, que al parecer también es bastante interesante.

Se lo cuento todo, cómo verlo con su ex me destrozó, cómo Bea y Eric se convirtieron en mis pilares fundamentales para no hundirme, cómo Adrian fue mi apoyo incondicional desde que me salvo la vida aquel día, que gracias a ellos y a nuestra gominola he conseguido salir adelante, y con algo más de vergüenza le cuento todo sobre el beso y su posterior declaración.

—¿Tú le amas?, ¿o has llegado a hacerlo?— me pregunta con recelo.

—Yo le quiero, le quiero mucho, pero mi corazón tiene dueño desde aquella noche en el *pub*, ¿recuerdas?— y por fin sonríe con alivio.

—Cómo puedo olvidar la noche en la que me vi reflejado en tu mirada, dispuesto a quedarme en ella para siempre.

—¿Para siempre?

—Para siempre.

❧Epílogo❧

Para siempre

Ha pasado un año, un año en el que he sido más que feliz al lado del hombre al que amo. Hoy, aún sin asimilarlo del todo, es el día de nuestra boda y ni más ni menos que en la cala de Ibiza a la que vinimos en nuestro primer viaje, que se vio truncado por mi enfermedad. Celebraremos la ceremonia al atardecer en la playa, con poquitos invitados, solo nuestros amigos más allegados, y mis padres, que han regresado de su *tour* por el mundo para verme caminar hacia el altar. Al contrario de lo que pensaba estoy tranquila, ¿por qué iba a estar nerviosa por unir mi vida al hombre que amo?

—Estás preciosa, mi niña.

—¡Mamá! — me lanzo a sus brazos nada más oír su voz—¿Cuándo habéis llegado?

—Hace un par de horas. Nos hemos entretenido con mi pequeño nieto, está para comérselo.

—Está hecho un pequeño bicho, es adorable pero todo un diablillo.

—Aún no me creo que te vayas a casar, mi vida.

—¿Cómo no iba a hacerlo?, ¿has visto a mi hombre, mamá?— le contesto con un guiño,

—Tienes razón, hija. Yo solo tengo ojos para tu padre pero al conocer a Jason me han temblado hasta las pestañas.

Ambas nos echamos a reír, me alegro de que mis padres hayan podido venir a compartir este momento tan especial de nuestras vidas. Mi madre me mira fijamente, examinándome con cuidado, como comprobando que todo esté en su sitio. Me giro hacia el espejo para mirarme por última vez antes de bajar hacia la playa. Me han hecho un peinado estilo griego que deja caer algunas ondas sobre la espalda con pequeñas flores blancas adornándolo. Mi vestido es de gasa, ajustado en el pecho pero con caída libre hasta los pies, de los finos tirantes cuelga una capa también de gasa que hace de cola del vestido. La única joya que llevo es un colgante con forma de infinito en el que están los nombres de los dos hombres de mi vida.

—Es la hora, princesa.— me dice Eric desde la puerta.— Estás impresionante. Yo sé de uno que no podrá dejar de mirarte ni un solo segundo.

De camino a la playa todos mi nervios afloran de golpe, me empiezan a sudar las manos, mis piernas comienzan a sudar y creo que estoy empezando a olvidar cómo caminar derecha pero entonces le veo y me quedo atrapada en su mirada. Soy incapaz de fijarme en ningún detalle, ni en mis amigos, ni siquiera escucho la canción que ha elegido para mi entrada, mi mundo se centra solamente en él.

La ceremonia pasa rápidamente, o me da esa impresión porque lo único que logró ver es la mirada de felicidad que Jason mantiene durante todo el enlace. Cuando mi turno llega contesto por inercia, como si la respuesta fuera tan obvia y natural que no necesitara de segundos pensamientos. Desde mi entrada me he quedado enganchada en esos ojos azules que me miran con absoluta devoción, no soy capaz de salir de su embrujo cuando sonríe con amor y me susurra.

—Princesa, es tu turno.

¡Los votos! Llevo meses escribiéndolos para que fueran lo más cerca de perfectos posible y se me han quedado en la *suite*. Jasón me guiña un ojo con complicidad sabiendo lo que me ha pasado sin necesidad de decirle nada, besa mis manos con ternura transmitiéndome su fuerza. Antes de comenzar tomo todo el aire que mis pulmones me permiten, le miro y las palabras surgen solas.

—Jamás podré olvidar la primera vez que te vi, mi cuerpo te reconoció enseguida como a su otra mitad. Desde esa primera vez he sabido que eras la parte del puzle que faltaba para completar mi vida. Intenté luchar contra mí misma, contra mis sentimientos e incluso contra ti, y ya me ves— sonrío— perdí la batalla de forma estrepitosa porque soy entera y completamente tuya, desde el momento en que nuestras miradas se cruzaron ese primer día y para siempre, porque a tu lado soy capaz de enfrentarme a la mismísima muerte para demostrarle al mundo que nuestro amor es eterno.

Jason me mira absorto, con los ojos brillantes de lágrimas sin derramar. Creo que al final no me ha salido del todo mal hablar con el corazón en la mano. Ahora le toca a él, es su turno, aprieta mis manos con cariño antes de empezar.

—Aquella noche cambiaste mi vida por completo, acababa de llegar para comenzar de nuevo y con una sola mirada me atrapaste. El destino te puso en mi camino para hacerme creer de nuevo que los cuentos de hadas existen, no tenía pensado entregarte mi corazón pero me lo robaste con tu primera caricia. Sé que he cometido un millón de errores, errores que prometo compensarte durante el resto de mis días, porque mi objetivo en esta vida es convertirme en el hombre que veo en el reflejo en tu mirada.

Todo el mundo permanece en silencio, solo se escuchan las olas cómo balada de fondo, haciendo el ambiente aún más romántico si es posible. Al final, el cura consigue recuperar el habla carraspeando para llamar la atención de los invitados nos declara marido y mujer. Jason no espera a que le den permiso y cogiéndome en volandas me besa sellando de esa manera la promesa que se juraron nuestras miradas el día en que nos conocimos. Ambos sonreímos cuando escuchamos la voz del pequeño Ian llamándonos.

—Ya eres mía, princesa.

—Siempre lo he sido.

Nos separamos con desgana cuando nuestra familia y amigos se acercan a darnos la enhorabuena. Agobiada por el ambiente cargado que se respira en la fiesta cojo al pequeño Ian y me aparto un poco del barullo. Estoy absorta mirando a mi pequeño jugar en la arena mientras pienso en todo por lo que he pasado en los últimos años, ahora echando la vista atrás me doy cuenta de que no vale la pena rendirse, que el destino siempre tiene preparado algo nuevo para que puedas tomar el camino correcto y elegir ser feliz. En mi caso la decisión de mi felicidad no fue mía, y no quiero ni imaginar qué habría pasado si Jason no hubiera vuelto, aparto esos pensamientos de mi mente cuando le noto sentarse a mis espaldas rodeándome con sus piernas.

—¿En qué piensas, princesa?

—En todo y en nada a la vez, en nosotros, en nuestro pasado y en lo que vendrá en un futuro.

Gira mi cara con delicadeza para poder mirarme a los ojos.

—Princesa, nuestra historia ahora solo contiene un felices para siempre, no hay sitio para nada más que felicidad.

Une con cuidado nuestros labios sellando esa promesa, sonreímos cuando nuestro pequeño se tira en nuestros brazos reclamando nuestra atención. Puedo gritar alto y claro que soy completamente feliz y eso es lo único que importa ahora. El presente y el futuro no sé qué me depararán pero sea lo que sea lucharé por mí, por él y por nuestro hijo, por la familia que ahora formamos, con uñas y dientes.

~Índice~

❧Sobre la autora❦

T. F. Rubio (Madrid, 1987) vive, junto a su marido, su hijo de cuatro años y tres preciosos hijos perrunos, en un idílico pueblo del este de Madrid. Después de devorar como lectora apasionada historias durante años se estrena con *El reflejo de tu mirada* como autora. Ha participado en varios proyector literarios como la antología *Déjate enamorar* (2016) o la novela de *multiautoría Peligrosa atracción* (próxima publicación).

Puedes encontrarla en Facebook, en su perfil de autora «T. F. Rubio», (facebook.com/profile.php?id=100010809582365) o en su página de mismo nombre donde habla sobre sus proyectos, (facebook.com/TFRubio-693351930807193).

19412894R00124

Printed in Great Britain
by Amazon